黑夜旋律

Melody of the Night

Albert Tam

譚劍 著

目錄

第一章 CHAPTER. I

色慾 LUST

沒有一種疾病比
色慾更具毀滅性。

——考底利耶

"THERE IS NO DISEASE
SO DESTRUCTIVE AS LUST."

CHANAKYA, VRIDDA-CHANAKYA

一——Sony

「頂著三十呎長白底紅字 Sony 廣告牌的頂樓單位，全城只有五十七個。上頭有個年輕美女拿起遊戲主機的廣告牌的，更只有二十七個。我們公司買下了其中十七個。單位全用 Sony 電器，選用新款的家庭影院和遊戲機，雪櫃可以配合 RFID（Radio Frequency IDentification，射頻識別）發出食物到期提示，洗手間裡裝設電視畫面，你可以一邊沖泡泡浴一邊欣賞節目，放心，當然沒有鏡頭。室內裝設最先進的無線網絡，所有電器都可以彼此溝通，和 Sony 陳列室沒兩樣，就是 IoT（Internet of Things，物聯網）。鏡頭只會放在客廳，如果你養狗狗的話，可以用手提電話和狗狗打招呼；如果養的不是 Sony 的超仿真機械狗而是真狗，更可以添置餵食機，即使你遠在歐美，也可以遙距餵飼；糞便收集機會幫你善後，完全自動，而且能清潔地板和消毒。不是我多說，機械狗容易打理也聰明得多，和單位一起買下來，可以給你打折頭。」

經紀是個三十來歲的女人，束馬尾，穿便服，伶牙俐齒得很，像仿真機械人般把話一口氣說完。名字也一樣叫 Sony 的男子幾乎找不到機會插話，其實他也無可置喙。雖說是二十多年樓齡的二手樓，但經過翻新後滿屋的 Sony 高科技產品把他環抱，壓根就是他的 dream house。縱使只是單幢樓，大廈卻有個響噹噹的名字：自由之丘。原裝正版的在東京都目黑區，他去過。

Sony 一定要把 dream house 買下來，不過，價錢要盡量壓低。他裝出不以為然的撲克臉，但實在很喜歡這個單位，為免嘴角不自覺向上彎，想法被洞悉，只好走到窗前，讓自己冷靜冷靜，抽離片刻。

陽光灑落如印象派油畫的星期五下午，三十七層樓底下黑壓壓的人群如螻蟻，營營役役，為口奔馳。他居高臨下，從天界俯視人間，很有睥睨眾生的自豪感。

「有一瞬間，我自以為是上帝，可以超脫於塵世之外。」Sony 回想道。

站在客廳裡的長髮女人聽他滔滔不絕講述買下這個小型豪宅的經過，不但不覺厭煩，反而有點好奇。單位其實只有兩廳兩房，不到六百呎，但她卻恍如劉姥姥遊大觀園驚歎不已，讓他領她參觀結合高科技的新居，逐一講解每件電器的精妙和好玩之處。

「家居系統會根據你所在的位置控制溫度、燈光和音樂，在盡量節約能源的情況下，讓你感受回家的舒適。這理念參考比爾．蓋茨的家來做。世界首富的玩意，現在不但平民化了飛入尋常百姓家，而且據說已經比蓋茨那一套更厲害。」

（他沒有告訴她的是，當天他站在窗邊時問經紀：「怎麼外面看起來有點朦朧，好像沙塵滾滾的樣子？」

「是煙霞。」

「說得好聽，其實是空氣裡的懸浮粒子。」

「這座城市每一處都被煙霞重重包圍，除非你搬去山頂。」

他心知肚明。他的挑剔不過是姿勢，目的是找缺點盡量壓價，但意圖已被發現。最後敲定的價錢只是比原價稍稍便宜一點。）

「我嫌原屋配備的電器不夠新，把心一橫，另花大錢把全部升級至最新的款式，用信用卡分三年免息分期付款，積分可以換來五星級酒店的雙人自助晚餐。妳下個月哪天有空？」

她說只要下了班後，甚麼時候都方便。

他滿意的點頭，繼續本來的解說：「這裡大大小小的電子相架有十幾個。沙發上的展示印象派畫作。」

她道：「我記得，這幅原作的價錢便要好幾千萬美元，是印象派大師蒙克的作品。（她記錯畫家拋錯書包，那位大師應是法國印象派畫家 Claude Monet (1840–1926)，一般譯為莫內。通譯為蒙克的 Edvard Munch (1863–1944) 是挪威表現主義畫家和版畫家，代表作為《吶喊》（又譯作《尖叫》，*Scream*）。不過，雖然她記錯，自詡為專家的 Sony 並沒有發現。）」

他露出佩服的眼神。

「來看看洗手間，這是整個單位最不 Sony 的地方。它們沒有用力開發這個市場。不過，抽水馬桶我用回日式，先以噴水清潔敏感部分，再用暖風吹乾，並接上了尿液分析系統，可以針對身體健康發出警號。」

Sony 一邊學經紀的口吻和劇本講解，一邊用眼睛探索和磨蹭她的身體。雖然那個看不出歲月痕跡的軀體他早已一覽無遺，但仍未帶上床做他獨門的後期處理，好像欠了點甚麼，不算真正擁有。

他當然希望一開始就帶她進睡房，跌進他那張非 Sony 製但可以旋轉可以隨著運動和壓力播放催情音樂的高科技大床裡，但未免過於急進，缺乏氣氛的經營。他希望兩人的結合是有劇情發展的故事，像角色扮演遊戲，而不是粗製濫造的色情電影般只有出出入入。早前的安排就像他一早編排好的劇本前奏。他帶她到法國餐廳享用像廣告裡的浪漫晚餐，吃鵝肝，開紅酒，在大街上漫步，都是沒甚麼大不了但女人都喜歡的情調，等她高高興興了，再帶她進他用高科技布下的迷魂陣。

因此，睡房順理成章成為參觀旅程的最後一站，Sony 半開玩笑給她細說各種可以享受閨房樂趣的玩意。硬的。軟的。長的。短的。用電的。不用電的。有毛的。沒有毛的……。看到裝上鏡子的天花板時，她的臉紅得如熟透的果子。他分不出這是害羞或興奮，總之把她推到床上，壓到身下。就在他準備剝下她身上的衣物時，她掙脫他，爬出床外，動手把燈調暗，開始跳起脫衣舞來，妖媚地把外套長褲套裝長襪胸罩內褲手鏈耳環窸窸窣窣一件件脫下來，就像他看過的色情電影那樣。

她始終只願告訴他的名字，Medina，像Madonna，不帶姓。他追問她的真名，她一萬個不願意，恍如細訴《一千零一夜》裡的雪赫拉莎德（Scheherazade），或是奇幻故事裡的巫女，可以和你肉帛相見，卻不能透露真名實姓，這個最終的祕密不能說破，否則一切法力會被悉數破解。

「送給你的入伙賀禮。」全身赤裸的她說。

果然是出來玩的女人，真會搞氣氛。他想。就在她剛脫個精光時，他將她一把拉到床上，一陣陣瘋狂的熱吻和摸索後，兩人再也無法停下來。燈光自動無聲無息地調得更暗，催情的背景音樂也順著劇情發展播放，不但喚起男女肌膚相親和彼此吞噬的慾望，也使兩人全身感官放鬆，逐步把肉體享受推上頂峰，細味體會高潮之美和後續的餘韻。

在筋疲力盡半夢半醒之間，Sony想：她不會知道這單位裡最高科技最隱密的產品剛才正默默運作。那東西不是入伙時的原裝Sony產品，而是他另外添置的聖物。

「等時機成熟，我會和妳分享，到時妳也會自豪，覺得和一般凡夫俗子及飲食男女不同。」他心裡道。「就算古代的皇帝後宮三千，也沒有如此真正皇帝級的享受。」

二——奈美

站在名店裡的奈美，實在又累又餓。

已是中午十二點半，要再等兩個小時才到午飯時間。這段時間特別難過。可是省掉早餐，就能馬上控制體重，不再節節上升，否則只會一磅一驚心。

又一個女人走進店來，身上浮現了她的個人資料和不同顏色的資料標籤，可解作「她要人讚美要吹捧，願意掏錢買新貨，價錢不是問題。」負責銷售的AI建議用名為《皇后》的銷售劇本進攻。奈美和另一個獲安排的同事交換眼神，自己做先頭部隊。

「小姐，讓我介紹新到的大衣，有幾件很適合妳……對，全部都是今年最流行的深綠色。來，試試看。我替妳拿手袋……妳穿起來很不錯。鏡子在這邊……很漂亮，對吧……妳可以再穿大一個碼……不要信我的話，信妳自己，妳穿起來真高貴。」

同事幾分鐘後才走過來，臉上盛滿幾乎滿瀉的笑意。

「小姐妳這件大衣穿得真好看，連我站在遠遠都忍不住要走過來。這件衣服嘛，很多人都買得起，卻不是所有人都可以穿得漂亮。妳穿上了，簡直可以去上時裝雜誌。」

奈美揚手，鏡子裡的世界就變成時裝雜誌封面，她和同事跟其他閒雜人等統統不見了，只剩下女顧客一人在搔首弄姿。除了頭頂的雜誌英文名稱外，也有幾行白色的英文字，但重點是那行黃字，是顧客的英文名。AI把合成的雜誌封面照在鏡上顯示，然後發了三張到她的手機。

這是上月才推出的新裝置，一推出即大受歡迎。奈美和同事都笑說這是滿足虛榮心的超級殺手鐧。

女顧客沒有脫下大衣，也沒有經過太長的考慮，很快就付款離開。

《皇后》是眾多銷售劇本裡最容易派上用場的，加上雜誌封面照功能，遇上適合的顧客，幾乎無往而不利。

半年前剛進公司時，奈美接受了長達兩個月的訓練課程，其中一科就是根據劇本來銷售。她們要背熟一套套銷售劇本，去應付不同需求的客人。《皇后》的主旨是吹捧（妳穿起來真漂亮）。《馬克白》的主旨是羨慕（很多人都用這產品）。《王子》的主旨是限量（快賣光了，新貨要一個月後才到）。《玩家》的主旨是新穎（剛剛來貨）。《海倫娜》的主旨是蒐集（很有收藏價值）——沒人知道典故來自一九九三年的電影《情碎海倫娜》（*Boxing Helena*）。

「老師，怎麼有些劇本的名稱好像和內容很不相干？」一個同學發問。

「我也不明白，執筆寫劇本的大概是唸文學而不是銷售，所以名稱要推敲才瞭解其奧妙。」女導師答。

「如何判斷客人的需要？單憑外表，就算我們很有經驗，也很容易出錯。」

「好問題。」導師微笑。「我們集團是全球最大的名牌店，客人的消費都會被記錄下來做分析。有些客人只買『月下貨』，有些是衝動型消費者，有些按固定的消費週期，有些是衝著新貨來買，各有各的消費模式和哲學。不過，只要她們踏進店裡，即使戴上口罩無法用面容辨識認出來，都會被身上的電子產品洩漏身分，像被照妖鏡照出真身。所以，你們在店裡要配戴我手上這種高科技隱型眼鏡。這用上『擴增實境』（AR, Augmented Reality）技術，鏡片會把顧客的資料標籤投射在他們身上，讓各位一目瞭然（有人竊竊私語：豈不是比《賭神》裡發哥的隱型眼鏡更厲害）。大家要做的，就是按劇本行事。記著，有些闊太要好幾個人侍奉。各位務請互相合作，commission 會均分。」

「如果是新客戶，豈不是沒有記錄？」奈美身邊的同學問。

導師笑道：「我們集團旗下在全球共有七十七個牌子，遍布各類型零售業務，高中低檔的路線都有，要找個沒光顧過我們集團的人，恐怕要去亞馬遜森林裡找那些仍過石器時代生活的原始人。」

導師的年紀，奈美實在看不出來，外貌好像才二十幾，但伶牙俐齒，連珠炮發背後，腦裡好像裝下了二十多年的銷售經驗。這些無形的資產出賣了她的年紀。老天，如果她真的有四十歲，看來年輕的關鍵就在於纖瘦的身材。

在受訓的日子裡，奈美沒有一天不認為自己是去學戲劇和表演。她自覺像個傀儡，任由公司的AI操控，在名店裡演戲。只是演得好，沒有獎座，只有獎金，沒有觀眾的掌聲，只有客人的獎賞。

這是不是比初出茅廬的演員要好？一出場就有對白也不必做幾年路上甲。

奈美好不容易撐了一整天演了一天戲，用上七份不同的劇本，誘騙了十七個顧客購物，其間饑餓的感覺打擊了她至少七十七次，發麻的雙腿好像不再是自己的，真想脫了下來拿去充電。

她換下制服換回便服，乘地鐵去荔枝角地下街的 Middle Kingdom 餐廳，打算好好休息一下犒賞自己後才回家。

她點了杯近年流行的 Oolong，或者叫 Wulong，或 Woolong，也就是烏龍茶。所不同的是，近年坊間流行的 Oolong，清一色指經過英式處理和製法的英式中茶。這種在外加工再轉口內銷的中國茶，全球流行，反攻中國。甚麼普洱龍井鐵觀音碧螺春凍頂烏龍珍珠奶茶等，幾乎都給趕盡殺絕。中式茶館節節敗退，紛紛改旗易幟，不賣烏龍賣 Oolong。

傳媒稱之為「茶葉戰爭」，Tea Wars。

話說在中國崛起的強力帶動下，中國茶葉也展開自外銷世界各地千多年來最大規模的中式茶館搶灘戰，搶走不少原本喝紅茶和奶茶的歐美茶客，把他們同化為茶人。這種社會學家認為不可能的事，就如風水師成為西方各大小建築的顧問一樣不可思議。究其原因，不在於東方的神祕或哲學，而是據說茶葉經過實驗證明有助瘦身和提升精神能量的效用，使西方人趨之若鶩。

歐美各國政府意識到背後的文化底蘊絕不是一杯熱水數片茶葉那麼簡單，而是一場文化侵略的前哨戰。一旦敗陣，輸掉的是文化和經濟兩大板塊，是以絕不能掉以輕心。文化戰或意識型態的鬥爭，本來就是西方的玩意，也是他們的強項。可惜洋人無論怎樣推銷西茶，始終無功而還。最後，西方帝國反擊戰採取的主要戰略，就是中國自古已有的「以夷制夷」。用中國的茶葉彼此相爭，掀起茶葉大戰。

茶葉戰爭一如百多年前的鴉片戰爭，會決定日後文化和歷史的走向，是百年基業之所在和關鍵，各國都不敢怠慢，出動大批社會知名人士，啟動名人效應。荷里活影星喝 Oolong，歐洲各球會的足球明星喝 Oolong，國際歌手喝 Oolong。Oolong 勢不可擋。

奈美對荷里活影星、足球明星和國際歌手沒有興趣。世上最令她感興趣的，就是她自己，準確來說，是她的體重。她可以保持現時的體型是瘋狂控制飲食的結果。既然 Oolong 可以瘦身，她自然不會錯過。

剛坐下，她便看見坐在斜對面的是以前給她上戲劇課的導師。真想上去打個招呼，可惜站了一整天雙腿累得要命。她注視導師時，兩人的視線碰上了。導師面無表情，大概忘了她這個學生。奈美不生氣。導師一年訓練過千學生，就像以前在生產線上工作的女工，眼前所有經手的半製成品看來都一樣，即使生產線上的是人，道理也相同。

還沒點 Oolong，奈美的手機已響起來，抽出手機，熒幕上是個陌生的男子。

「好客的 Sony 可以請您喝杯飲料嗎？」

她舉目四望，在七張桌子後面找到發出「搭訕請求」並向她微笑的他。職業本能讓她幾乎要等待他的資料標籤懸浮半空才能決定下一步的行動，結果當然沒有，只好靠自己肉眼來觀察和分析。他，二十中，頭髮梳得很整齊，染上最新潮的復古暗紅，筆直的西裝熨很貼服，整體感覺是追逐科技潮流的達人。

換了在別的場合，她也許會答應他的要求，讓他坐過來，好好聊一個晚上。可是這天她實在太累，很想好好休息靜一靜。

她發出「很忙沒空，謝謝您的邀請」的預設回覆。男人微笑點頭，沒有糾纏，繼續操作手機，大概找尋下一個目標。

奈美用手機點了 Oolong 後，欣賞座前電視播放的節目。說是節目也許並不恰當。內容是針對她個人喜好的廣告節目。這個喜好不是由她決定，而是廣告商上上下下前前後後左左右右仔細研究她的消費和生活模式後下的結論。其原理，她猜，大概和時裝店裡如何判斷招待客人的邏輯相類似。

送來的廣告不是時裝和潮流，就是和飲食有關，大部分以MV的形式播放，拍得美侖美奐，令人看得賞心悅目。廣告產品把和她年齡相若的女主角引領到美好幸福無憂無慮的將來，令人心生無限憧憬。奈美自認容易在不知不覺間接受廣告商的催眠，只是最近她對食物廣告實在不感興趣。

（在她不知道的邏輯世界裡，廣告訊息回饋系統會分析她接收廣告時瞳孔和臉部肌肉的反應，輔以過往數日內曾否進行相關的買賣等記錄，以便決定下一回餵出的廣告。這天發現她幾乎對所有和食物相關的廣告的反應都是負面後，系統採取了完全相反的策略，推出瘦身廣告，發現更能抓緊她的注意力並證實有效後，隨即向她源源不絕輸出類似廣告。）

沒多久，畫面上出現了她最想看的故事：穿黑色低胸裝看來高貴非常的女子坐在高級西餐廳裡。她張大嘴巴，颳起大風，把長桌上堆積如山的麵包籃牛扒燒雞沙律刺身船水果山甜品架等一大堆食物一口氣快速吸進口裡吞進肚子後，身材仍然窈窕，嚇得十呎長桌對面的男士驚倒在地。女子對鏡頭說，只要在胃裡安置體積極微小的機械人，讓它們阻擋胃腸汲取多餘的營養並排出體外，從此就能開懷大吃也不必擔心體重失控。

拍得有點漫畫化，卻勾起奈美的興趣。她馬上聚精會神注視。納米機械人？是甚麼來的？科幻電影嗎？

她想上網找找這新產品，不過，視覺神經把剛才食物堆積如山的畫面經過不知名的管道送進大腦，又不知刺激了甚麼神經，使她倍感飢餓，彷彿要把廣告場景搬到現實。結果，就是點了菜單上好幾樣看來不錯的小食。

一碟碟食物送來時（雖和廣告畫面相去甚遠，但絕對遠遠超過一個女人能吃下的分量），滿得她一張桌子也放不下。侍應不得不搬另一張桌子過來。

「妳真的要全部吃下去？有沒有聽過後果？」

坐在對面的另一個她問。這個面善的女人體型比她大許多，穿同款衣服的加加加大碼，五官被橫生的賤肉擠得很細小，但奈美仍然認得，也沒有回答。餓得要命，忙於進食。

「妳會變得和我一樣。」

「好，到時再說。」

「請妳想清楚。」

「走開，不然我連妳也吃進肚裡。」

她抬頭斜視時，發現導師不見了，不，稍一搜尋，不難發現她就坐在那個叫 Sony 的男子身邊。想不到，因為她的推拒，後續發展竟然出現如此微妙的變化，但與她無關，她也管不了那麼多。眼前的食物，暫時成為她的幸福，世界的全部，和生命的重心。

三——Medina

「獵犬」不喜歡別人協助，她們喜歡主動出擊，標價過低的價錢牌讓她以為自己撿到便宜貨，不要打攪她們。不過，如果她們找了很久也沒有收穫，看來有點沮喪，可能會離場抗議，你要適時給她們一點暗示……

在《羅蜜歐與朱麗葉》裡，朱麗葉到處逛到處看時，羅蜜歐會百無聊賴獨自坐在一邊打機，或者照顧孩子，不要放過向羅蜜歐銷售的機會，找機會和他們攀談……

「親戚」全名是「皇親國戚」，是最頂級的豪客，也需要最貼身和貼心的服務。他們一般具有社會知名度，可能是闊太、名媛、超級名模、影視明星，甚至是在傳媒曝光率極高的大企業要員，通常是社交界寵兒，不容你看不到，也不能看不到。見到他們，馬上要聯群結隊去門口迎接，帶他們去貴賓室，奉上飲料……

肉身容易修補，保持記憶力卻不是易事。坐在地鐵裡的 Medina 緊握新出的劇本，雖然在心裡默默沙盤演練了好幾遍，始終無法牢記，其實來來去去才不過幾個要點，卻總有東一塊西一塊的遺忘。也許，她該服些「補腦丸」。

早上八點，車廂裡的人不多，她喜歡早點出門回訓練中心，畢竟已不再年輕，沒有本事像沙甸魚般和陌生人擠車，為一口氣爭得你死我活。即使最後有幸逃出車廂，熨得再漂亮的衣服也變得縐巴巴，不再光鮮，人也因此失去豔光，像落難的名媛。美麗的女人不該被擠車折磨，反而享有專屬車廂侍候才對。

她注視車窗裡反射的自己，仍很年輕，一頭長髮烏黑發亮，色澤不錯，五尺八的高眺身材配上修身剪裁的大衣，讓窈窕的她看來比實際年紀年輕不少。怎看也只像個二十尾的女人。可是，有些東西，即使騙得了人家，騙得了自己，也騙不過老天。

Medina深深吸了口氣，挺胸收腹，華麗轉身後找了個空位坐下，發現坐在對面的一雙眼睛緊盯自己。那女人看來五十多歲，但輪廓仍很分明清楚，長得不錯，只是缺乏保養，日久失修，白髮清晰可見，眼角的皺紋也沒有好好隱藏，臉部肌肉也有點鬆弛。歲月不饒人的痕跡，她幾乎毫無抗拒照單全收，而且，一襲剪裁保守的馬莎百貨鐵灰色大衣使她老氣橫秋得很，比實際年齡老了近十年。其實她有十萬種方法可以使自己年輕十年，偏偏她選擇披到身上的組合出現極強的反效果。

Medina認得這張臉，有些事和人無論經過年月怎樣的洗禮，都不會忘卻。

人太多，世界太小。好多好多年沒見面的故人，也會在意想不到的地方重逢。有時在更衣室外，有時在洗手間，有時在機場。幸運的話能閒聊一陣，但往往大家行色匆匆，只能交換眼神，有時更只能擦身而過。

這次，是在地鐵車廂裡。

Medina 愛看電影，在殺手和間諜片裡，改頭換面的主角往往會在意想不到的地方遇上故人，雖被認出來，卻要千方百計想辦法否認自己的身分，在最無可奈何的情況下，更要殺人滅口。

馬莎知道 Medina 在回望她，咧嘴淺笑，見 Medina 身邊的位置沒人，便索性挪到她身邊坐，臉上仍然掛著盈盈笑意，但眼睛像要挖掘 Medina 臉蛋背後的祕密，一寸寸探射，研究琢磨。

Medina 不喜歡被人逼視，怕別人會穿透她的外表而知道她的一切，正想走開時，不料馬莎竟開口。

「小姐，不好意思，請問……」馬莎報上了一個 Medina 熟悉的名字，「……是妳母親嗎？」

換了是以前聽到這句話，Medina 也許要偷偷用手捏自己來按捺笑容。幸好多年來類似的情況早已碰見不少，讓她積累了不少經驗。

「不，我母親是日本人。」為免對方死纏爛打，早有準備多時且無後顧之憂的台詞。她深諳日語，關西腔，可以應付得來。

就像她的職業是教授劇本銷售，她也為自身經歷寫下完整劇本——母親是京都人。父親給派到海外。她後來改嫁。我現在隨後父姓，在北京學過漢語——要是對方死纏爛打，她也準備了細密的後續安排去應對，但從來沒派上用場。

「真沒想到。我以前有個同學，長得很漂亮，和妳長得很像。妳有沒有可能是她女兒？」馬莎接口道。

「我這個樣子平凡得很，一點特別也沒有。」

「不，小姐，妳錯了。妳的樣子很有個性，很堅強，會很有異性緣。」

「我連男朋友也沒有。」

「以後會有很多，多到妳不想要。」

「妳會看相嗎？」

「快半百歲人，大概都會一點吧！我那同學就很有異性緣。」

Medina沒再搭腔，馬莎也沒直接追問，卻是用旁敲側擊的試探，並掏出手機。Medina認出是部復古手機，按扭大，聲音響。她以前用過，知道是「老人手機」後第一時間賣掉。

馬莎舉起手機問：「可以替妳拍張照片嗎？要是我碰見老同學，可以拿給她看。」

Medina拒絕，拿出自己的手機。「不如讓我給妳拍張照片，好傳給我媽看。」

馬莎點頭，撥弄頭髮，側著臉，把眼淨得圓大，咧嘴淺笑，一看就知是攬鏡自照反覆仔細研究過後確定的最佳標準留影姿勢和角度。Medina按下快門後，和她一起看照片。

「可以傳給我嗎？」

「當然可以。」

兩人交換了聯絡方法，Medina 把照片傳過去後，馬莎又問：「手機裡有妳媽的照片或影片嗎？」

「沒有。」

「要是妳媽想起好久以前曾經有我這個同學，可以找我聚舊聊天。以前我們是很要好的朋友。雖說妳媽和我可能根本不認識，但是看到妳時，我就想起那個好久沒見過的同學，想起幾十年前的青蔥歲月，當時我們感情很好，是好姊妹，妳也知道，就是女孩子之間的那種情誼，交換女孩子的文字和心事。那時仍未流行手機，我們傳閱的是紙條，我還留下幾張。可是，她退學後，我們就沒有再聯絡。我至今還很想念她。」

Medina 記得一切。當年那個和她一起玩一起天真爛漫等男孩子、言語有點尖酸刻薄的女同學，經過生活的磨練，早已脫胎換骨，變得世故，變得圓滑，變得體諒。她大概一開始就識穿自己的真身，只是不便點破，彼此心照不宣。

Medina 忘了很重要的一點，無論她的劇本編得多好，她的外表怎樣改變，聲線也不會出現很大的變化。點頭之交也許會忘記，但親密的朋友永遠也不會。

像馬莎。

她眼睛不停閃動，泛著水珠似的光亮，「可以抱一抱妳嗎？」

Medina 沒有拒絕。兩人深情相擁。Medina 像聽到對方的心跳聲，感到對方的體溫和淡淡的髮香。兩人重遇的場面曾偷渡進她的夢境裡，只是不像現實世界的版本來得突然，叫人毫無準備，而且似乎錯漏百出。她欺騙她，她也欺騙她。Medina 自我欺騙，馬莎也隨她，就像年輕時，從不揭穿她的大話，讓 Medina 自以為成功瞞天過海，其實馬莎甚麼都知道。

目送馬莎下車後，Medina 注視手機上的照片，不勝暗自慨歎：她堅拒不相認，是否有點冷漠無情？不，馬莎似乎也認同她的決定，不問理由，默默支持。兩種相反的想法在 Medina 心裡翻滾，攪拌出名為「抑鬱」的種子來。

種子經過了一整天的工作，無數次《海倫娜》、《馬克白》、《羅蜜歐與朱麗葉》等灌溉，不只發芽，更高速成長為一棵參天大樹，叫她無法忽視。她驀然發現這一輩子都在演戲，有時是自己編寫，有時是人家安排，一個劇本接一個劇本，從一個故事跳到另一個故事，恍似不停播的電視頻道，她不過是盡心盡力演好每一個角色。

可惜，她不知道何時才落幕讓她回後台找回自己。

四——老林

老林堆出笑臉，向離開書店的每一個人點頭致意，牢牢記下每張臉。不少都是曾經陪伴他多年的老主顧，但再也不會回來。

在芸芸讀者裡，以好幾天前來過的某位女讀者最特別。持續光顧了小林書店也許快二十年，樣子卻好像沒怎樣變。難道書看得多了，氣質也竟會出現變化，就像白先勇筆下的尹雪豔總也不老，或者像金庸筆下的小龍女練了《玉女心經》後永遠年輕？她看來猶有那種現時已不多見的清純脫俗。他其實好想找機會和她攀談。可惜兩人的大部分接觸，都只限於在櫃台裡的買書找贖，頂多，就是在書架之間為她奔走找書，她也總會站在他身後默默等待。

一切都成為過去。她已不會再來。

小林書店的最後一夜。

從小林到老林，從憤怒青年到中年，開了三十多年的小林書店終於結業。

書店門口貼了張紙，細說店名的由來。

年輕時，村上春樹的《挪威的森林》幾乎人手一本，閱後深深愛上，遺憾自己不是活在那個激情的年代。每隔數年必重讀，細讀之。工作幾年後攢了點小錢，便在鬧市的舊式大廈，勉力開了這家二樓書店。很喜歡《挪威的森林》裡的小林綠，她家開書店，自己剛好又姓林，便取名為「小林書店」。

那張紙沒說的是，他從此努力建立自己的思想體系，不再隨波逐流，讓書店也有自己的個性，而且要找個很特別很有個性的女性，談個不能自拔的哀愁戀愛。回首半生，上半段勉強算是成功，下半段卻徹底失敗。

開店早年，讀者細閱這張紙後會和他聊天。十多年後，那張紙已發黃發霉褪色，無法引人注目，變得可有可無。出出入入的，都只是消費者，視若無睹，但他也沒有撕下來。

不像小說裡的小林書店是家沒有經典名著也沒有野心的小書店。不過當年他不是老林仍然是小林時，店裡就不乏經典名著的身影。即使這些書站在書架好幾年也賣不出去也不打緊，他開書店純粹是自我滿足，以賣經典為傲，時時向開書店的老前輩和發行商討教，邊做邊學，誓要摸出自己的門道。

那時開書店，雖不是賺大錢的生意，卻仍能賺點小錢，足以應付基本開支。他的薪金全從支出裡扣除，存不了多少錢，但也沒多花，最大嗜好就是讀店裡的書，再寫下短短百來字的書介，張貼於店內。久而久之，他儼然成為指導閱讀方向的明燈。不少顧客慕名而來，和他談書，成為朋友。寓工作於娛樂，不亦樂乎。錢，不過銅臭。

他希望能經營小林書店至終老，把書店傳子傳孫，像法國左岸那些有數十年歷史的書店，各具特色，有的舉辦文學沙龍，有的供作家暫住寫作，有的辦影展或畫展，更有的像「莎士比亞書店」成為文藝人士無法忽視的文化風景，甚至文化地標，是愛書人朝聖之地。

「美好的生活，總是在他方。」他鍾愛的象徵主義詩人藍波（Arthur Rimbaud）如此說。

可惜這裡不是法國。城裡看書的人愈來愈少，小書店的經營環境愈來愈難。年輕人也愈來愈胖，要他們爬幾步樓梯上二樓書店，好比「蜀道之難，難於上青天」。開書店，從追求滿足感變成一盤生意，講究成本效益。為了維持營運，小林不得不放下愛讀的文化理論和經典鉅著，改為鑽研以往最鄙視的企管書籍，學習兼顧小本生意和文化事業的經營之道。*The Complete Idiot's Guide to Become a Bookstore Owner*。*Opening Bookstores for Dummies*。*The Bookstore's Owner Survival Guide*。給白痴看。給呆子看。給傻瓜看。這類書看得多了，他發現經營書店這種自討苦吃的差事的人，不是白痴，便是呆子。

他又學習控制成本和物流，減少庫存，實施簡稱 JIT 的「及時制度」（Just-in-time），建立書店風格不是為自己，而是要瞄準特定的顧客群……完全是大集團或外國人的經營模式。小林書店附近的書店，便曾經一一轉型，重新包裝和定位。「謀殺專門店」（和台灣某出版社的偵探小說系列同名，幸好書店身處異地而無法追究）、「同志國度」、「情色的眼光」、「歷史新視界」等同行在變天後仍難逃結業，原址也相繼變成樓上餐廳或髮型屋。賣不出的書，先是賣給「短期租約」曬書拋頭露面，剩下來找不到買主的，就賣給廢紙回收商。

倒是小林書店從不轉型，堅守信念，縱使最後仍要吹熄燈號，但比同業苟延殘喘了多幾年。

這一夜，好幾個老讀者離開書店前，都和老林道別。老林感謝他們多年來的支持，以前常說的「謝謝，請再光臨」這句話不能再講下半部了。小林書店也沒有下半場的戰役。老林的下半生，也不知該怎樣過。

書店是老林一生心血，他的錢大部分都押在書上。店裡實在賣不出也沒有保存價值的書，還能送去廢紙廠換取微薄的現金，但他呢？可以去哪裡？除了經營書店，他已別無其他本領，總不成年近半百去應徵連鎖書店的店務員。

這是動態知識的時代。知識不必印在書本上。知識已不必印在書上。知識是活的，動態的，不斷更新。今日的知識打倒昨日的知識。書本上的知識，只屬於昨日，在今天已經死去，更無法適應明日的世界。別說作者已死小說已死，連書，也已經死去。看書的，都是活在數位經濟前的史前人類，原始人，尼安德特人，會上亞馬遜書店買書等書送到家裡。文明的數位族已對實體書棄如敝屣，視之為前朝遺物。真的非看不可，只會買電子書，內容更可以與時並進自動更新，隨身攜帶的書數以千計，活像流動圖書館，遠非實體書可比擬。

送走最後一個客人後，老林鎖上門，把掛在店門口的牌子從「歡迎光臨」翻到背面的

「準備中」，想想又不對頭，小林書店不會再做生意了。他乾脆把牌子拿下來，卻不知放到甚麼地方。拿回家？又根本用不著。環視書店一周，店裡還有過千書籍賣不出去，在書架上站得疏疏落落，像被砍伐得七零八落的亞馬遜熱帶雨林。老林失去了元神，在店裡漫無目的，走走看看，摸摸書架和書。想起當年書店有人滿之患，讀者要彼此相讓才能在狹小的書道移動，從早到晚，都有讀者來看書找書買書，他曾雅興大發替幾個自資出書的作者搞新書發布會，吸引了十來個朋友上來，不知那幾個小朋友——現在應該已經為人父母——現在怎樣，大概沒有再出書了。他們出書，和他開書店，都不過是圓夢。只是老林的夢比較大，夢醒時更依依不捨……

他驀然驚覺，是真的，小林書店真的要關門了。

他一直以為最後會有奇蹟發生。業主不加租，有神祕人注資，他中了六合彩可以繼續支撐……

面對現實吧！他對自己說。

想著想著，眼前竟有點迷糊。

時不與我，時不與我。

五——電影男

凌晨時分，耳朵塞了最新款的藍牙消噪耳機、身穿印了蝙蝠俠圖案鬆身免熨防縐納米夜行衣的電影男像鬼魅般降臨便利店，長長的後擺像垂下來的雙翼。

已快一星期沒離開家門，要不是冰箱裡空空如也，他才不會走到樓下這家他不喜歡的便利店。店太小，選擇有限。電影裡的日本便利店售賣各種看來美味的便當、壽司、手卷和麵條，選擇之多，即使一星期內全在便利店裡解決三餐也不厭倦。

便利店應該提供送貨服務，像他的便服和電器都是在網絡上落單，再經速遞送到府上。電影男每次到這家便利店，都會買一個星期左右分量的食物回去。好重，也花好多錢。他應該獲得VIP級數的招待和服務，而不是和一個尋常的顧客甲乙丙丁沒有差別的黑面。

他在貨架間徘徊了好幾分鐘，目光在游移。食物的選擇少得可憐。商人不是想像力太貧乏，就是完全罔顧他們這個族群的需要。拜託，我們都不會煮食，連鑽木取火也不會；最大的烹調本領，就是煲熱水倒進即食麵裡，或者把食物放進微波爐叮，花五分鐘製作，再用五分鐘頂多十分鐘吃進肚裡。飲食，回到基本點，只是最簡單的咀嚼、消化和排泄，搞甚麼菜式甚麼煮法變出幾百種花樣提煉成藝術境界根本就是浪費光陰。

一念及此，電影男便想揮拳，想找個壞人給他好好打一回，一個不夠十個也不夠，最好有一大堆好幾十個，就像經典的科幻動作電影 *The Matrix Reloaded*（他永遠記不住《廿二世紀殺人網絡２：決戰未來》這個冗長累贅的中文名字）裡的男主角 Neo（是 One 的「相同字母異序字」）以一敵百，最後不敵，要竄上天逃脫。電影男可不會這麼「流」。來一個，殺一個！強勁的節拍在他耳邊響起，使他戰意高昂。

他聽很多音樂，但一點也不懂，更不知道天花亂墜的形容詞。不過，他喜歡漢斯·森瑪（喜歡到有一天簽收宅配時竟然簽下 Hans Zimmer 的地步。他至今仍不知道，我們大可不必告訴他）那註冊商標似的急速節奏，很有動感和史詩式氣勢。電影男從沒聽過也沒打算聽貝多芬的音樂，不過，相信「樂聖」再世，也不過如此。森瑪為《帝國驕雄》（*Gladiator*）、《黑鷹15小時》（*Black Hawk Down*）、《蝙蝠俠——黑夜之神》（*The Dark Knight*）、《潛行凶間》（*Inception*）等電影譜寫的配樂已經全部都給下載到電腦和手機裡。即使目前沒有電影畫面，但耳筒裡的音樂已延伸了電影世界，彷彿舉頭可以看見射燈發出的蝙蝠訊號。

可是，好的食物，卻不容易找到。電影男認為，應該有一部電影以即食麵為題，探討香港市面供應選擇之貧乏。

故事可以從一個獎金豐厚的即食麵大賽開始。世界各地的頂級廚師設計的即食麵都繁複不已，有的結合傳統風味，有的玩太多花臣，有的配料太多，有的則是名字太長，總之，失卻即食麵簡單便利的原則。唯獨一個像他這樣的宅男，設計出來的卻簡單之至，令一眾評審擊節讚賞。

故事內容太簡單了嗎?可以加入一條愛情線,長得漂亮的女主角一直看不起只會弄即食麵的男主角,直到目睹他為調製完美的即食麵而奮鬥,殺入決賽,得獎,獲得世人的認同,她也投向男主角的懷抱。

電影可以找各大即食麵製造商贊助,每一場戲每個角落都設置入性行銷,只要找到有眼光的導演,他願意低價賣出這個 idea,條件之一,就是讓他在裡面佔上一角,和一生獲贈免費即食麵,味道可以讓他自由挑選。

「Excuse me.」

他身後傳來一把清脆的女聲(他的消噪耳機不過濾人聲),把他從未成形的電光幻影拉回沉悶的現實世界。這個破壞他美夢的女子樣貌算不錯,但應該是超過二十五歲的熟女,不是他喜歡的類型,也不值得他拿出手機偷拍她的立體照片。

在便利店停留了十五分鐘,超出了原來打算的不止一倍。買了五十多包即食麵,把他喜歡的牌子從貨架上全部掃清,如果倉裡仍有的話也一件不留。他才不要浪費時間想太多。網絡世界正熱鬧得很,他要趕快回去,回去他的家,回去他熟悉的網絡和電影世界。兩者雖然看似不存在,卻是更廣大也是對他來說更真實的世界。

網絡世界不像電影般可以叫停,或者可以倒退重來,不會因他的暫時離線而停止運作,而是 24 x 7 x 52 運作。無論他在甚麼時候都會找到好幾打朋友在線上，即使暫時離開，腦海還是給網絡世界的幻影音效和種種急速變幻的節奏填塞。

就像他現在走出便利店時，竟不慎把個中年男人撞倒，甚至打爛了他手上的膠牌。

電影男心知不妙，想不到對方竟要求不合理的賠償。發甚麼神經?!旺角夜晚的治安果然甚差，甚麼奇怪的人都如妖獸般一一出籠，用遊戲的名稱來說，堪稱「群魔亂舞」、「吞食天地」。妖怪想和他糾纏不休，幸好有途人見義勇為阻止。電影男趁機以超光速返身大廈鑽進電梯裡。

踏入家門，仍然驚魂未定，正面穿過衣著清涼笑意盈盈歡迎他回來身軀半透明的「幻之女」。把熱水倒進杯麵後，三魂七魄才開始歸位，心跳回復正常。暫停播放的《銀翼殺手》（*Blade Runner*）可以繼續播映。要不是十多個小時沒食物下肚導致過餓，加上電影實在奇爛無比，他會等播完才離場。這個複製人被追殺的故事沉悶得很，遠不及他剛才在便利店外被追殺來得緊張刺激。

在《銀翼殺手》後，等待他的還有《大都會》（*Metropolis*）、《妙想天開》（*Brazil*）、《V煞》（*V for Vendetta*）和《妙不可言》（*Delicatessen*）等科幻經典作。全部看畢，他應該夠資格再挑戰「經典電影問題大測試」。

好不容易熬過剩下的三十多分鐘，他返身網絡上，留下心情寫照。

「看完了《銀翼殺手》的最後剪輯版（The Final Cut），甚麼經典科幻片，簡直就是超級大悶片。沒有音效沒有大爆炸，沒有翻天覆地的最後正邪大對決，結尾簡直不知所云。難怪列尼史葛在荷里活拍了二十年電影也沒大紅大紫起來（電影男完全忽視了《末路狂花》（Thelma & Louise）這部經典，也不清楚列尼史葛早就成名），要不是世紀交接之間拍了MTV風格的《帝國驕雄》割頭噴血在鬥獸場人車交戰，恐怕無法翻身。真是活該。」

放出「傳書」後不消一分鐘，各種賀詞紛至沓來——

「恭喜影大又看完一部^_^」（深情的楊過）

「難為你了！」（大海裡的魚）

「壯舉！！！！！！！！！！！！！！！！！！！！」（就是愛用感歎號）

……

總共四十多個留言，他一一快讀和致謝。

唯一不謝的，是以下這個：

「等你好久了，不過，我不相信你能答對85%。」

留言的是那個叫「狂迷」的傢伙，是電影討論區上電影男最討厭的傢伙，沒有之一，報稱看過二千部電影。每次電影男寫完影評，狂迷就會拿放大鏡般挑毛病。初次接觸時——也許說「較量」比較適合——狂迷找出了整整兩打錯誤，叫電影男幾乎丟盡顏面無地自容。

電影男也不是善男信女，以其人之道還治其人之身，在狂迷的影評裡，總共找出了三個錯誤。

究竟《教父》（*The Godfather*）第三集是好片或爛片？《異形》（*Alien*）和《異形續集》（*Aliens*）哪部更精彩？史匹堡（Steven Spielberg）和基斯杜化・路蘭（Christopher Nolan）誰比較偉大？……諸如此類的看法差異，兩人爭拗得激烈，來來回回可以寫十來個留言互戰。

電影男很想知道狂迷到底是何方神聖，這傢伙確是看過不少電影，卻比不上他多，只是愛自吹自擂，要和他爭奪「首席電影專家」（Chief Movie Expert）的名堂——網絡上沒有這種專業認證，是他自己想出來的，他要成為第一個。

「要成為專家，不是自己說說就算了。看誰能答對更多的電影題目，才有公信力。」

兩個星期前，電影男答對 79% 後，比平均 65% 高出許多，自信滿滿向狂迷下戰書，希望對方知難而退。

豈料，從此陷入萬劫不復的地步。

狂迷一開始已答對 87%，電影男不服氣，連續再挑戰了幾次，最多也只能答對 83%，讓狂迷留言狠狠諷刺了幾回。狂迷的最高得分，是 89%。

這些電影問題大多圍繞經典電影而設計。你可以 google 答案，但就來不及完成平均每三秒就答完一題的試卷。電影男經過最近幾次測試後，根據成績剖象發現自己得分最差的類型是科幻電影，決心狠狠溫習一輪，以應付狂迷的挑釁。

「如果我超過89%，那又怎樣？」電影男反問狂迷。

「不會有這一天。」狂迷回敬，一貫地無禮。

六——Alexa

吃了午飯，去了洗手間後，Alexa在香港大學馮平山圖書館最角落的佛學書架前，隨手抽了本最靠近通道的佛學經典，在最近的座位坐下，攤開書，準備給自己一個好好的休息時間。

一如以往，一如所料，附近沒有其他人。這裡是頂樓，佛學書架位於進門口轉右盡頭的角落。書都很舊，內頁蓋上的收藏日期是四十多年前，借出的次數卻不多，不超過十次。書頁早已發黃，甚至發出難以言傳的微酸紙味。

這些味道，大概，就是俗稱所謂的「書香」，有些人不喜歡，所以怎也不會接近，讓附近的座位像她最近拿到贈票去看的《牡丹亭》，空空如也。

她不介意書香的味道。見四野無人，拔出手機，先看看短訊和留言。二十來個，全部都是打屁（如「電影男在經典電影問題遊戲裡答對83%，你要挑戰他嗎？」），沒重大消息發放。

她戴上無線耳機，用長髮遮掩，開始她的實時戰略遊戲，是最近進行測試的遊戲《科魔大戰前傳》（網絡上傳聞改編自科幻小說作家羅傑．澤拉茲尼（Roger Zelazny）的奇幻小說*Changeling*，遭遊戲總設計師否認，指這種設定根本不是甚麼新鮮的東西，在西方文學傳統已歷史悠久）給移植到手機上的個人版本，遊戲邏輯和網絡版也不太相同，但已叫她玩得不亦樂乎。自從一個星期前爆機以來，每次再玩都戰無不勝，不勝無歸。

畫面雖小，卻站滿了她的巫師部隊，所憑藉的武器就是魔法：火燒、水淹、召靈、降龍。敵人是運用工業革命時代嶄露頭角的各種機械，帶點蒸氣龐克（steampunk）的味道。機械對魔法，現代對古代，就像她用電玩對付一眾用冷眼環抱她的佛家經典。

數十架戰車從不同方向朝巫師巢穴逼近，她不慌不忙召來幽靈和飛龍，從天空居高臨下進攻，把敵人的主力殺個片甲不留，再乘勢反擊，派出集巫師、幽靈、巨人於一身的龐大部隊闖入敵軍腹地，盡情殺戮，殺個痛快。

又一次大獲全勝，正義再次彰顯。不過三十分鐘，就已完成今日的大事，輕易取得滿足感。

她心情愉快的合上佛學經典，在電子世界裡殺人無數，不知是否罪過？她把書放在沿途經過的書車上，讓管理員把書歸位。

沒有多少同學知道她這個祕密，她們也沒興趣。吃了飯後，她們會留在飯堂裡，掏出手機玩連線遊戲，打個你死我活。「看妳們一派玉女，原來都是嗜殺族！」Alexa 表示對泡圖書館更有興趣，她們也不勉強，由得她去，說她是文化系女子。

要是告訴她們 Alexa 其實是一個人躲起來自己玩電玩，她們肯定難以置信，對她白眼。都是玩遊戲嘛！為甚麼不跟大夥一起玩？

說了她們也很難明白。她們打連線遊戲是打發時間，有輸家也有贏家，誰勝誰負則說不定。Alexa 打機卻是要追求成功。她的對手除電腦AI外別無他人，只要因循之前的戰略，擊敗電腦是遲早的事。她要的，是必然會到來的成功感。

幾個星期前她看過篇研究電玩的論文，韓國人發展網絡遊戲，日本人卻多玩個人遊戲，足證大韓民國的團結精神和日本都市人的疏離感。真是老調重彈！她倒認為該從另一角度去看，就是日本人追求小確幸，和她自己同樣追求容易到手的成功感。這也許是個寫論文的好題材。

她的同學認為在這時勢的香港嫁得好脫貧才算成功，於是在大學裡熱烈追求男朋友，就算挑不到家底豐厚的，也希望押中千里馬。

她不反對別人的做法，不過，既然是年紀相差無幾的男人，畢業後進入社會還不是和她們一樣要從底下開始不斷奮鬥慢慢向上爬，等到有一定成就時，已經差不多快三十歲了。換句話說，他的女伴要陪他走十年漫漫長路，才瞭解自己的投資回報。至於男人進了五光十色的社會後會否變心移情別戀，就是另一個挑戰和課題，也是成長故事裡常見的題材。

她不否定男同學裡會有多匹日後能跑出自己一片草原的千里馬，看他們的人脈就可以推測，甚至有些女同學也會打出自己頭頂上的一片天。她自問沒有這本事，也不期待自己找到的男伴日後能成為人中龍，然而，不代表她會放棄。她會直接找那些已嶄露頭角的男人。這類男人說不定已被相當數目的女子注意：他的同事、他的生意夥伴、他的朋友、他的朋友的朋友……，總之，一大堆向他虎視眈眈的女人。她不怕，她有的，是她們沒有的青春。

所以，幾天後，她會和她的「關鍵詞男友」見面。找男人，到網絡上利用「關鍵詞配對」就行了，何必大費周章？

好多姊妹仍然不知道甚麼是關鍵詞配對。這是比搭訕系統更新潮的玩意，也因為太新，很多人甚至還沒聽過它的名字，網絡以外的傳媒也未曾報道過。可是一旦曝光，甚麼古靈精怪的奇人異士也加入後，他們這些網絡潮人也許就要找下一個玩意。

所謂的「關鍵詞配對」，就是利用網絡搜查器的技術找出用戶愛用的關鍵詞。一對男女，如果經常使用相同的關鍵詞，就有共同興趣，容易找出共同話題，也容易情投意合。

廣告說搜尋引擎能為孤獨的人從人海裡找出天造地設的靈魂伴侶，下面還有好幾十對男女的背書：

「我找到了，太奇妙了。」

「沒有關鍵詞，根本不可能把在另一個生活圈裡的他找出來。」

「我們的生命本來沒有交集，以後卻永遠不會分開。」

「關鍵詞，很可能是現代的盲婚啞嫁，由搜尋引擎做媒，但這個媒非常非常瞭解你的生活，你的想法，你的要求。」

詳細的配對邏輯是商業機密，不過，關鍵詞配對符合這個步伐快速的時代。當電影已兩秒一個鏡頭九十秒內入正題並且疑雲密布不能再慢條斯理讓觀眾慢慢投入，否則遙控器就會被拿來轉台時，男女雙方（或其他同性組合）的認識也不必再講究循序漸進浪費漫長的時間互相瞭解、試探、配合，也不必在手機上撥左撥右。這年頭大家在網絡上都有自己的位置，留下自己的足跡，成為歷史沉澱。你可以迅速找出對方的生活圈、興趣、社群、就業和工作等一切歷史。她要從一開始就知道對方是否天造地設的另一半，快狠準，不合的馬上給本小姐滾蛋。

網絡上有些 old school 的姊妹說：尋尋覓覓也是一種樂趣。她反對，找不到的話，就是冷冷清清，悽悽慘慘戚戚。苦苦等待，只是傻傻痴痴笨笨。

最好一覺醒來，那個和她是天作之合的男人已現身，不是躺在身邊那麼簡單，而是已經自動入廚，準備好她喜歡的早餐，對她言聽計從。

甚麼時候才有這樣的科技？甚麼時候才找到這個男人？

自從在網絡上利用關鍵詞配對找到男人後，她已急不及待要見上一面。最好最好，有一道任意門在面前，穿過去就能見到他，從此踏上幸福的康莊大道。

七——黑帝

昏沉的天空壓著大地，大氣層似乎塌了下來。

高樓大廈連環傾倒，大地露出平日無法一見的廣闊天幕。象徵文明的大型廣告牌掉到地上成為碎片。

舉目所及，十多個燒得猛烈的火頭或遠或近，如幽靈般的黑煙爭先恐後竄上天，直如飽歷第三次世界大戰導彈如雨墜下後的末日景象。

碩果僅存的是些人不如人獸不如獸的動物。牠們或聯群結黨，或獨自獵食；果腹的有些是同類，有些是分不清本來模樣的生物，但主要還是為數眾多的人類，畢竟其他動物大部分已被趕盡殺絕。牠們的眼裡飽含貪婪、忿怒、好食等叫人畏懼的目光。

有些人——如果仍算是人的話——並不急於找尋食物，也不躲藏，而是圍在一起公然交合，也有些不是人的混雜其中。他們衣不蔽體，皮膚長了粗糙的鱗片，有些皮肉破爛，有些全身光滑，卻有一張張比魔鬼更猙獰的臉孔。

三支如魔鬼頭角的尖銳飛彈高速劃空而過，留下灰黑色的長尾巴，歷久不散。轟隆轟隆的巨響四起，令他想起華格納（Richard Wagner）的歌劇《尼貝龍根指環》（*Der Ring Des Nibelungen*）裡〈女武神的騎行〉（*Ride of the Valkyries*）那一段破空而出的音樂。導彈不知是從北京或台北發射。被毀的城市景觀使他不但失去方向感，也失去時間觀念，更看不到未來。

世界末日的地獄景象，大概如此。

他感到的不是恐懼，而是忿怒。雖然不到三十歲，但畢竟是著名遊戲設計師，玩過上千款遊戲，經歷過數百種時代背景和設定，有甚麼末日場面沒親臨過？他在那些VR電子世界裡已死過數千遍，以後還要再死過萬遍。死過來再復活，永劫回歸，令死亡變得比鴻毛還輕，是他們這一族群的宿命。

只是，叫他如此忿怒的原因在於，如此逼真的全息立體場景，完全大師級的設計，理應只有他能設計出來，而不是一個乳臭未乾的小子。不可能。不可能。

他在大街上發出如魔鬼般的吼叫，數十頭怪獸向他凝視，射出不懷好意的目光，像挑釁。他沒有久留，從擬真度極高的電子遊戲世界退出，回到真實的世界，真實如地獄的世界。

沒有配樂，沒有爆炸聲，沒有環境雜音。耳朵一下子靜下來。幾秒的短短不適應期叫他難受極了，但心中的怒火沒有熄滅絲毫。

黑帝脫下耳機和眼罩。遊戲開發公司的專案管理人坐在他旁邊，露出久未見過的笑意，但隱約有點緊繃。黑帝記得上次見到他如此神態時，是他們首次見面那一段日子。八年前左右，他剛拿下遊戲設計的新秀獎，管理人知道他天才橫溢，給他一紙合約，和最出色的團隊配合，花三年時間開發他第一套遊戲《科魔大戰》，也是本地業界第一代立體遊戲，萬眾矚目，好評如潮，讓他名利雙收。

如今，從管理人的眼神看出，他又找到另一匹千里馬，下一個遊戲設計的天才。

「這個叫《七宗罪》的遊戲，你覺得怎樣？」管理人問。

「很不錯，很有潛力。只是遊戲裡隱約有政治含義，它的背景是台海大戰吧！是不是太政治化了？」

「你不喜歡嗎？這反而正是我最欣賞的地方。根據遊戲的故事設定，它跳脫了以往像《三國志》那種統一中原的界限，放眼整個亞太區，除了中國內部，還有外圍的俄羅斯、日本、印度、韓國、美國等野心家，隨時趁機打進來。」

「太敏感了，北京和台北都不會批准上市。」

「不，這符合國情。我相信兩地政府都會答應。北京政府希望台灣人體認台海大戰的後果和中國開戰的決心。台灣政府希望台灣人瞭解當前政治局勢。即使同一個故事，不同的人可以讀出不同的寓意，很有趣的詮釋學課題。」管理人說得洋洋得意。

「遊戲就是遊戲，跟體育和電影一樣，不應該和政治掛勾。」

「不是和政治掛勾，只是個商業賣點。這是《七宗罪》和其他架空歷史遊戲分野的地方。我們總要給它找個定位吧！」

「我對政治沒有興趣。」

「那你從遊戲設計師的角度來看覺得怎樣？」

黑帝冷冷道：「它的氛圍很不錯，我很喜歡。」

專案管理人緊繃的臉放鬆下來。他以前不怕冒險，接連推出了幾個大獲成功的遊戲也拿了大獎後反而退縮了，以往的冒險精神一去不返。他怕失敗。很多人希望他失敗。他一旦失手，大家會認為是走下坡的先兆，到時就很難再找到投資者和資金。

「聽到你的意見，我就放心了。」管理人點煙，抽了一口，「我要把他簽下來。」

黑帝很想說不，但決定不逆管理人意。「我也希望有機會和他合作。」

「一定有機會，他說以前曾和你聯絡過，你給了他不少指引，他很感謝你呢！」

「有嗎？他名字？」

「七天使。」

老套的名字，一點印象也沒有。黑帝卻說：「我記得，他提出的問題都很有深度，給我很深刻的印象。」

「聽到你們早就認識，真好。相信日後你們合作一定會很愉快。」

黑帝報以像遊戲世界裡那些虛擬人物般的樣辦笑容。那人算是老幾？

離開遊戲開發公司後，黑帝在回家路上仍然想不起七天使到底是甚麼人。這麼多年來，給他寫信的粉絲多不勝數，有的長篇大論，有些女的還附上性感肉照（真的是肉照！詳細內容不表），偶爾心血來潮時他會回覆，在文字上互相挑逗，不過，也僅此而已。大部分來信他都忘得一乾二淨。他要盡快找出七天使的底細，再思考應對之道。

第二章 CHAPTER. II

暴食 GLUTTONY

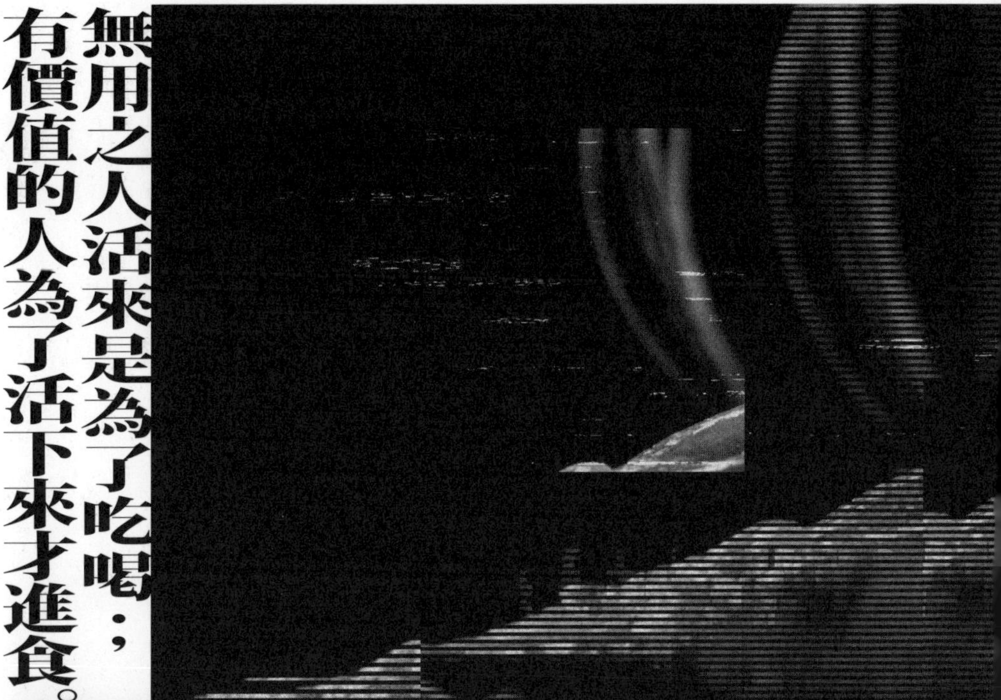

無用之人活來是為了吃喝；
有價值的人為了活下來才進食。

——蘇格拉底

"WORTHLESS PEOPLE LIVE ONLY TO EAT AND DRINK; PEOPLE OF WORTH EAT AND DRINK ONLY TO LIVE."

SOCRATES

八——Sony

Sony 回到辦公室時，才早上八點半，大部分同事們仍沒回來。他可以好好享受十五分鐘私人時間自由活動。

啟動電腦。查看電郵。背景的音樂程式隨機播放一段古典音樂。馬勒（Gustav Mahler）。布魯克納（Anton Bruckner）。柴可夫斯基（Pyotr Ilyich Tchaikovsky）。荀貝格（Arnold Schoenberg）。德布西（Claude Debussy）。連續五首都毫無困難猜中。每猜中一次，自豪感就多一分。

可是接下來那首就想不透了。拍子很慢，憂愁苦困，像要尋求紓解，簡直慢得令人不耐煩。不是貝多芬，也不是晚近的波蘭作曲家葛瑞茲基（Henryk Górecki）。他毫無頭緒。

他無法集中精神細閱電郵，想不到一日之計就給幾個音符擊垮。那段苦悶的旋律到底出自何方神聖？他又一連舉出數個人名：舒伯特（Franz Schubert）、舒曼（Robert Schumann）、拉赫曼尼諾夫（Sergei Rachmaninoff），卻怎也猜不透。

揭開謎底，原來是布拉姆斯（Johannes Brahms）的第四交響曲。可是怎會這麼慢？指揮的是甚麼人？解說指指揮家是朱里尼（Carlo Maria Giulini），後期的演繹以慢速見稱。

他關上音樂程式，憤怒不已。他猜不透，無關音樂或曲風，而是演繹的差異。這不公平。根據記錄，他已連續猜中了三十一段古典音樂，只因那個意大利人奇怪的演繹才無法繼續締造佳績。

要瞭解 Sony 何以要玩這麼無聊的遊戲，要從他的工作開始，也就是他供職的公司展開。這家跨國公司販賣的是音樂，卻不是尋常的音樂，或者，也是一般的音樂，但銷售對象卻不是樂迷、音樂家或音響專家，而是大型連鎖零售店。

即使販賣的只是尋常不過的音樂，但經過特別的包裝和企劃，給劃分成不同的主題，如浪漫、高貴、典雅、激情、自由、奔放等，共同點就是經研究後發現可以喚起聆聽者義無反顧的消費慾望。

Sony 的工作，就是分析個別客戶選用的背景音樂，在不同的日子、不同的時段、不同地區的零售店播放的效果。工作了已三年，他發現天氣和選用的音樂竟也有一點千絲萬縷的關係。甚至乎，股市的週期變化也可以配搭適當的音樂，這點他要再仔細研究更多數據才能下結論。

不過，他發現，能否得出重大結論，根本不是重點。音樂不錯刺激慾望，但裡面有太多變數，要逐一找出來，並不容易。有時他懷疑，背景音樂是否真能左右顧客的消費慾望至無窮無盡的地步？一切是否只是商業社會運作自欺欺人的手段？而他們只是受薪研究，為空洞的理論佐證?

然而,公司的客戶愈來愈多,卻是不爭的事實。客戶賺的錢也愈來愈多,更不容置疑。這是否只是社會經濟景氣的效應而不是音樂的效果?

他和同事們其實不太懂音樂,沒有一個是音樂專科畢業,大部分擁有資訊系統或數學等背景。他們只是從大數據裡發掘隱藏在資料背後的趨勢、頻率、週期等特徵。有個比較雜學的同事說他們的工作勉強可稱之為「知識的考掘」,據說是一個後現代思想學巨著的名稱。

有同事馬上糾正:「數據(data)、資訊(information)和知識(knowledge)三者,在我們這個講求精確的專業裡,是三個不可混淆的概念。我們的工作和知識無關,只是進行數據探礦(data mining)。」

難怪去年的週年晚宴,公司主席在台上不無慨歎,公司雖從事文化事業,但同事的文化素養並不足夠。台下的人私下埋怨,公司何時變成文化事業?從一開始,就只是披上音樂的皮毛,核心從事的只是數據分析。

Sony 嗅到的,卻是不同的東西。他發現這家公司的高層都喜歡去聽古典音樂會,特別是歷史悠久的歐洲傳統著名樂團訪港時,更是空群而出,佔據最貴價的座位。也許不是每個人都打從心底喜歡那些沉悶的巴哈和莫札特,但興趣可以慢慢培養,也可能是在這家道貌岸然的公司裡晉升管理階層的不二法門。

他想起電影《心計》（*The Talented Mr. Ripley*）裡出身平凡的主角，為了接近富商的不羈兒子，強迫自己猛聽經典的爵士樂，直到滾瓜爛熟的境地。

Sony也用同樣的法子，加入一個古典音樂網站。初班從不可不聽的一百首名曲開始，從最重要的二十位作曲家開始，從他們的代表曲目開始，學習最基本的音樂歷史，一首接一首聆聽。中班開始分辨派別，搞清楚古典主義、浪漫派和國民樂派等的差異。聽了三百首名曲後，進入高班。開始聆聽大作曲家的次要作品，和冷門作曲家的代表作。

半年下來，除了傳統德奧作曲家，別說史特拉汶斯基和荀貝格，他也聽過二十世紀重要的蕭士塔科維奇（Dmitri Shostakovich）、菲力普・葛拉斯（Philip Glass）和武滿徹。給他一段旋律，十居其九可以告訴你是哪一首名曲的哪一章節，然而，他自問對脫離群眾和高深難明的古典音樂，半點興趣也沒有。如果世界只剩下他一個人，他絕不會碰這些東西。一切不過是一場遊戲，一種手段。

他開始去古典音樂會，去唱片店買古典音樂的唱片（當大部分流行曲只能以下載的方式販賣時，古典音樂成為最無法被數位化淘汰的音樂類型，仍然有大量捧場客購買唱片）。有一天，他和公司主席在升降機裡碰面，聊到剛拿到「《留聲機雜誌》古典音樂獎」（Gramophone Classical Music Awards）的唱片時，深深感受到一種無言的認同和親切的目光。那一刻，他覺得一切努力都獲得回報。總有一天，他會給提拔上管理層。他已手持半張入場券。

只是他今天萬萬想不到，一直以為十拿九穩的猜測竟然錯了，實在是很大的挫敗。不過是布拉姆斯的第四交響曲而已。

他關上音樂程式，叫自己冷靜下來。星期一早上，一星期的美好開始，不能就此浪擲掉。

他把精力聚焦在電郵上。新一期的《關鍵詞》又送來了。每期介紹七個勢必流行的關鍵詞，足以成為五天的談話素材（他不喜歡「談資」這說法，「素材」的叫法比較日本較合他心意），讓他成為公司裡追求文化和潮流的指標性人物。

自培根說出「知識就是力量」來，他覺得這句話在當下擁抱「知識型經濟」的社會是個絕佳的註腳。擁有知識或者資訊不會使你脫貧，不會使你發大財，但可以讓人對你刮目相看，當然得視乎對象。

知識有時不一定正經八百。

女人想知道吸引多金男的五十個法門。上班族要學習達致財務自由的十堂課。食客要知道不得不去的一百家主題食店。

而 Sony 的客戶，就是要洞悉最能刺激消費慾望的十個法門。（別忘了加入數字：十種趨勢，十二堂課，一百個規則……，好讓潛在客戶能掌握他們會學到多少）他沒時間去看磚頭書，就算是百來頁的濃縮本也提不起興趣。這些書往往只有一個可供行銷的意念，內容連一張A4紙也填不滿。不過，能言善道的作者給底下加上七個論點，再把每個論點擴充成一個章節，給每個章節找出七個例子，加上前言和總結，就成為一本看來內容紮實的專書雛型。翻來覆去，其實只是一個可以用不到五十字就說得明明白白的簡單意念。

這一期的七個關鍵詞是：

1. 科技奇異點（technological singularity）
2. 超人文主義（transhumanism）
3. 科技資本主義（technocapitalism）
4. 無國界銷售（borderless selling）
5. 超連結電影（hyperlink cinema）
6. 懼、惑、疑（FUD，全名為 Fear，Uncertainty，Doubt）
7. 絕地武士服（djellaba）

Sony 會好好記熟，倒背如流，期望繼續成為全公司最追得上潮流的指標人物，並以此為傲。

九——奈美

讓清水沖洗全身後，奈美擦乾身體，一絲不掛僵直站在浴室的鏡前。一道深紅的水平光束從她腳底上升，直到頭頂時才下降，去到地板時又再度回升，在她頭頂再度停止，最終消失。

她沒直接看鏡子，而是輕輕撫摸身體。她沒有發胖，只是手臂稍為變粗，小腹部分好像多了點肉，也不是很多，只是多了一點點，她覺得。穿上衣服後，根本看不出來。

鏡子裡她的裸體上浮現出一系列數字，分別是身高、體重、BMI和體脂肪。數字是多少並不重要。重要的是，她又超重了。

電腦很快畫出她的體重走勢圖，像股市般大起大落，現在正處於高位。警告用紅色粗身字表示，她的體重並不是處於高處不勝寒，仍有機會再創歷史新高。

其他數字都從剛才的小便分析裡來，沒有健康的警號。

她又過重了。她本身就是愛食鬼，有時進食過量，變得超重，屆時她就開始瘋狂節食，把早午晚三餐合而為一，讓體重大幅回落。等回落到過輕時，又開始暴飲暴食，再創另一個歷史高位。

簡單來說，她的體重一如她上班的時裝店營業額，永遠處於變化甚大的週期波動。不同的是她的體重週期不跟季節不從潮流不走趨勢，而是擁有自己的波浪，隨心情起伏左右食慾而定。冬天時，一般人開懷大吃會胖，她卻會鬱悶而瘦；到夏天時，很多人食慾不振，她卻因心境愉快而變胖。

新相識的朋友，目睹她身形變化都難免驚訝，久而久之，也習以為常。她的同事笑她是變臉女王。有些客人以為是容貌相若一胖一瘦的兩姊妹，只是好奇怎麼不會兩人同時在店裡現身，紛紛問：「誰才是替工？還有，誰是姊姊誰是妹妹？」其實只要留意名牌，就會一清二楚。她也懶得解釋。

她自知體重上出現鐘擺效應不太健康，卻也無可奈何。

更糟糕的是，連接踵而來的廣告電郵，有些也視乎她當期體重而定。垃圾電郵殺之不盡，每天她都收到好幾十封，每封都有她的名字，甚至乎更貼身的個人資料，從她的住處和工作地點，推介附近一帶的店舖，用字很貼心，很小心謹慎，肯定出自AI，因此連專門對付垃圾郵件的AI有時也難以分辨到底是否可隨意丟棄。AI對AI，棋逢敵手。

她示意電腦進入下一個自動程序後，開始洗臉、刷牙，鏡子讀出新的電郵標題。

「奈美，告訴妳一百個認識好男人的好地方。」

「奈美，增進妳的女性魅力，來參加三十小時專家訓練。」

「奈美，準備好下次同學聚會沒有？」

「奈美，五十份酒店自助晚餐，免費送給妳。」

這封應該是垃圾電郵，不過，她沒有刪掉，指示電腦開啟。「自助晚餐」是令她無法抗拒的「關鍵詞」。

「奈美，妳是不是很久沒光顧自助餐？妳很想吃卻不敢，怕吃了會愈來愈胖，無法再穿上剪裁貼身的衣物……」

真是說出她的心聲。她繼續聽下去。

「……世界不同了。只要妳聯絡我們的專業顧問，我們告訴妳怎樣吃也不會胖的新方法，再送妳五十份免費酒店自助晚餐，讓妳不只吃個夠，也可以保持窈窕。」

電郵的內容顯現在鏡上，底下附上聯絡方法，特別說明二十四小時專人接聽。

接聽的是AI吧！如果是胖妹就太諷刺了。

奈美確是喜歡吃，也知道十多種可以瘋狂進吃也不會變胖的方法。以前的人會扣喉，但嘔出的胃液會融掉牙齒的琺瑯質，長期浸蝕喉嚨，更可引致喉癌。也有人服排油丸，讓脂肪排出體外，結果擾亂胃部的正常運作。用腹瀉丸使內臟肌肉受損，結果換來長期便秘的惡果。其他方法都會導致身體傷痕纍纍，後禍無窮。

她寧可像現在般變胖，再變瘦，也不敢用那些激烈的方法來滿足口慾。

然而，她快三十歲了，新陳代謝只會一天天差下去。加上工作益發沉重，運動也愈來愈少，總有一天，她會無法再變瘦。到時，唯一的解決方法，就是從最根本的源頭入手，永遠只吃五分飽。對她來說，去到那個境地時，她的人生已失去最重要的樂趣，活在世上，不過行屍走肉。

她也想大快朵頤而無後顧之憂。盡情大吃大喝，天下間美食太多，別說甚麼日本菜法國菜意大利菜。單是中國八大菜系就吃之不盡。同事朋友稱她「食神」，點菜時由她發牌，她當之無愧。

她再喜歡美食，今天也不能吃早餐，午餐和晚餐也要二合為一。節食是為了走更長遠的路。

出了門，穿過好幾條街，去到地鐵，站在月台，被鋪天蓋地的廣告無所不盡其極包圍時，她發現自己開始目睹怪事。

油爆雙脆九轉大腸清湯燕菜松鼠鱖魚叫化雞霸王別姬樟茶鴨子燈影牛肉清江團夫妻肺片宮燕孔雀鹽焗雞紅燒大裙翅糖醋咕嚕肉……她看到的字全變成菜式名稱。

十——Medina

Medina 回家後，把馬莎的照片輸入電子相架裡。相架裡本來有馬莎的照片，二十多年前的，當時她們仍是青春少艾，有些是穿校服的學生照，也有穿便服的。有張是劇戲表演，兩人均是古裝打扮，手挽著手，Medina 笑說像小姐和丫環。馬莎即時反問，那誰是小姐誰是丫環。當然我是小姐——Medina 笑道，接著挨了一陣無力的粉拳。

Medina 看著看著，竟看出淚光來。相架裡有其他好久沒重溫的老照片：她的小男友和他們的兒子，都是當年的模樣，一個是不到十八歲的青年，另一個是還在襁褓的小兒。二十多年沒見了，他們變成甚麼樣子？前夫也許能勉強認出，兒子則肯定是見面而不相識。

偶爾，看見人家享受天倫之樂時，她才會很感性想見見他們，可是他們一定不會原諒她。過了二十多年才相認，只顯得她是個來搶收成的女人。其實他們是她成長裡最黑暗的一頁，是她不願回顧的歷史，她的理性告訴她應該一刀兩斷。

不該怪罪那個和自己同齡的男人，他當年也不過是個不起眼的中學生，鄰校的，在同一個巴士站上車。兩人眉來眼去，常在車上相鄰而坐，逐漸相熟，背著家人交往，偷偷通電話，偷偷見面，偷偷戀愛，偷偷……。連金蘭姊妹馬莎也給瞞著。

那是個沒有網絡，連手機也不流行的時代。要聯絡，只能在客廳這公眾場所。他叫妹妹撥電話，騙過她家人後，他才取回發言權。約會見面不能輕易更改時間地點。晚上七點就是晚上七點。街角的快餐店就是街角的快餐店（小情人知道是那一家）。風雨不改，直到天崩地裂海枯石爛。他們的偉大愛情由不斷的偷偷摸摸組成：偷偷見面，偷偷戀愛，偷偷接吻，偷偷去公園，偷偷解開他的褲子，偷偷……

所以，最後曝光時，家人都嚇了一大跳。她的父親說女兒被人偷走了，卻沒有說女兒偷人。其實月事三個月沒來時，Medina 已心知不妙，卻沒有張聲，只怪自己的想法不成熟：也許會出個甚麼意外小產，到時就神不知鬼不覺。不過事與願違，等到最後肚子已大到按捺不住時已不能流產，只能停學，把孩子生下來，讓他來到必須來臨的世界。她家裡男丁多，在她之上，兩個哥哥，在她之下，還有一個弟弟，加上父親總共四個男性。誰都不希罕這個孽種和不速之客。他們要把他送到他們看不見的世界自生自滅。

倒是那個中學生和家人前來道歉，願意肩負所有責任，可以和她結婚，卻萬萬想不到，她竟然拒絕，也不要孩子。她沒有告訴他們，她不想做母親。「母親」這兩個字好老好老，就算她知道自己肯定是全城最漂亮的媽媽，也不想被孩子綁死。她才不要日後辛辛苦苦賺了錢後還要省吃省穿，把錢留給孩子買奶粉買玩具再供書教學辛勤照顧心情好時才把娃兒當洋娃娃般捧在手上。她寧願把錢留給自己，買鞋買衣服，讓自己永遠做年輕美麗的公主，而不是被各種無形枷鎖束縛的皇后。多年後，有個男人帶她看電影《女皇》（*The Queen*），印證了當初她的想法沒錯。

在雙方同意下，嬰孩交給男方撫養。他們說會把這個被母親遺棄的兒子養育成人。Medina只在孩子出生時照顧過一陣，滿月後就送了出去，頭也不回。其後年輕的父親把孩子滿周歲的照片寄來，希望她就算不回心轉意，也見見兒子，抱一抱他，讓他感受一點母愛。沒滿十八歲的她沒有回信，只在晚飯時間撥電話到他家，冷冷叫他別再打擾她的生活。

她沒有放棄學業，但再愛玩，看著兩個不成材的哥哥只能做體力勞動的工作辛苦賺錢，也知道學歷對她這種沒有本事也沒有大志的人來說是一種生活保障。她轉去另一間中學，沒有人知道她的歷史。她愛玩的本質不變，繼續和其他男同學約會，和他們親親密密繼續偷偷摸摸，當然，經一事長一智，做好避孕。此外，她按本來的計劃和方式繼續生活，彷彿從來沒生過孩子，只是結識異性的地方不再只限於巴士站，可以是任何地方。中學、大學、圖書館、公司、餐廳、酒吧、書店、戲院等。在不同的地方結識不同類型的男性。當然不是來者不拒，她有選擇的本錢。雖然才二十歲出頭，雖然沒盡過妻子的責任，雖然沒有看著孩子成長，但她認為自己到底是生過孩子的女人，連奶也比沒有生養過的同性來得豐滿，冬天穿上厚衣服時也看得出來。這城市裡的女子多是平胸，Medina在身材上大大佔優，在獵男行動裡幾乎無往而不利。一夜情，她試過。沒有人家常說的哀愁，那只是愛情電影導演或小說家一廂情願的幻想。快來快去的速食性愛實在沒甚麼特別，只是一種不必花時間仔細鋪排和處理後續發展的及時行樂，對有需要的人極為方便，和人們捨手帕用即棄紙巾的道理一樣。你會為即棄紙巾哀愁麼？

從二十五歲開始，大部分同齡的女性相繼結婚，看著她們忙於照顧孩子，她就和其他單身女慶幸自己的選擇正確。這種對話常見於茶水間或餐廳裡，只是沒有人知道她曾經生過又捨棄了自己的孩子。

隨年月增長，目睹那一個個面色枯黃身軀日益龐大的女人，她告訴自己別變成這個樣子。可是，就算不必面對一天天長大的孩子，鏡裡的自己也明顯一天比一天成熟，開始出現各種衰老的先兆，可以領取熟女會的入場券。以前年輕時輕易搶走別人的男友，現在和青春少艾在各種公眾場所爭奪男人雖然不致輸多贏少，但已不再一帆風順。

要是三十歲才開始注重保養就為時已晚。二十七歲那年，她開始去美容院找專家指導。那個看不出年齡也看不出血統成分的女人請她猜自己的歲數。「才三十多歲吧！」Medina說。身材瘦削的女人用稍為不純正的廣東話道：「我五十好幾了，而且是靠後的數字。」Medina驚訝得合不上掉下來的下巴。美魔女保持微笑，光滑的嘴角和眼角沒有一絲出賣她的地方。

「永保青春的科技早已面世，只是視乎妳付不付得起，或者，願不願意付。」

本身是人肉生招牌的專家教她所有保持青春美麗的祕方，毫無保留。其中最簡單最廉宜的一種，是用摩洛哥 Fez 一帶獨有的 ghassoul 開精油或花露水，製成墨黑醬狀，塗到身體和髮上，輕力按摩，沖水後即滑不溜手，恍如重生。過程前後大約一小時，每星期做一次。其他更複雜更昂貴的祕方多不勝數。林林總總的支出總和可以花掉 Medina 一半以上的收入。

她慶幸沒有養育孩子否則根本無法如此奢華。牛奶浸浴混海底泥只是最普通的貨色。專家有大把大把她以前聽也沒聽過的方法，有些甚至駭人聽聞，但效果很顯著。Medina 也顧不了要花多少錢。她自覺比幾年前看來更青春美麗。驗證的方法很簡單，她比以前更吸引男人。

可是，這實在很花很花錢。她的銀行戶口長期只保持四位數，要借貸來繳稅。幸好和男人晚餐和購物，他們很願意付賬博紅顏一笑。只是，這些補貼永遠不夠，她就算換了工作，賺取更多的收入，也是把多賺來的錢全數投放到保養上。養顏費和慾望永無止境，就像衣櫃不論多大，客廳裡永遠也有好幾堆放不進去的戰衣。幸好她轉到國際時裝連鎖店工作，能以較低廉的價錢添置不錯的衣服、鞋子和手袋，支出有限，才使她不必承受太大的生活壓力。

她為養顏節衣縮食了好幾年，自覺生活水準難以提升，但美容專家項鍊上的鑽石則愈來愈大，部分由她供奉。幾經轉折，她找到一個投資專家幫手財務規劃。換了別個美容師，花的錢少得多，但效果沒有多大差別，起碼她看不出來。三十二歲那年，她擁有自己的安樂窩，月薪四分之一拿去供樓，再拿四分一去養顏，四分一做生活費，剩下的四分一拿去投資。大部分買入專攻女性產業的基金和股票，如法國的 LVMH 或西班牙的 Inditex。她本人就是這個行業的消費者，熟悉各種產品，也看好這個市場。各項投資一直以來也不負所望回報甚豐。賺來的錢，再投資到自己身上。企管大師湯姆．彼得斯（Tom Peters）說：廿一世紀女性消費市場深具潛力，果然沒錯。

她的投資走長期路線，追求遠期回報，和她在身上花的投資一樣。三十多歲時，當同齡的女同事已臉露疲態，皺紋悄悄爬上眼角，頭頂偷偷長出幾根變白的髮絲時，Medina 仍然沒有衰老的跡象。她仍然打扮得花枝招展，仍然和男人夜戰連連，仍然是夜店常客，時間之神似乎忘了她的存在。誰也看得出她不再是二十出頭，卻沒有人猜到她的真實年齡。這個祕密像被她藏到克里特島那樣遙遠的地方。她屢次轉換跑道，終於找到適合她的 dream job：企業培訓，一種不必和消費者直接應對的工作。她的學生一批批畢業，身處海外的上司也經常換人。沒有多少人會記得她在公司存活了多久，人事部的同事也懶得翻閱她的檔案。在這個工作環境裡，進來受訓的都是年輕女子，她絕不會碰到舊識。

在公司裡，她是經驗豐富的導師，教授劇本銷售。在公司外面，她是受男人歡迎的熟女。情況幾年來默默出現變化，原因不在她，而是社交模式變了。男人不再去夜店結識女人，而是通過網絡和交友軟件，隨科技發展與時並進。網絡世界的男女談情說性，互相挑逗，flirt 來 flirt 去，大膽得在二、三十年前難以想像。她曾無聊發訊息給一個大出風頭的遊戲設計師。她根本不是他的粉絲，只是見他年輕長得不錯看來精力充沛，寄出的電郵文字極盡挑逗感官之能事，他的回應也不相伯仲。年輕一輩根本不當一回事。時代變了，她要學習怎樣和這些新男人相處。

十一——老林

老林在店裡磨了好幾個小時才離開。凌晨兩點，老林拉下鐵閘，把沿用快三十年的招牌拆下來，準備帶回家裡，當神位好好供奉。換了十年前，大概傳媒記者仍會來採訪。書店的最後一夜。文化的殞落。你我的集體回憶……。今天沒這種好事了。書店關門清倉大減價，記者連報道的興趣也沒有，遠不及在機場守候第一次從美國日本韓國來開演唱會來拍電影的天王天后天團來得轟動。

旺夜黑夜的街道既熟悉又陌生。他身處書店，很少注視店外的風景。每天早上開店時，店外的商鋪尚未醒來。他吃喝拉撒都在店內。晚上離開時，商鋪又已關門。是以店外的世界，對他，是既親切又陌生。

當年的旺角，舉頭有十多間書店，養活好多同業，如今，他這孤軍作戰的最後一人連最後的堡壘也守不著。城破，將入主小林書店原有位置的是甚麼生意？是遍布附近一帶的樓上咖啡店、髮型屋、或者足底按摩？他不敢去想。

大廈頂層廣告看板的燈光射上厚雲密布的夜空，恍似模糊不清的電視畫面。在深夜把大街上照得明亮的不是街燈，而是星巴克、蘋果、麥當勞、Nike、Zara、UNIQLO 等名店。老林最討厭財大氣粗的跨國企業。他們遊走各國，用無可匹敵的資金，強大的物流和庫存能力，鋪天蓋地的宣傳攻擊，配合甚麼藍海黑海死海策略長尾長臂長腿理論（請原諒老林對這些理論的膚淺認識），狙擊他們這些小本經營的生意，趕盡殺絕。

企業管理專家在傳媒上表示，此乃商場上的達爾文主義，汰弱留強。Winner takes all。老林一直罵去他的汰弱留強，根本是恃勢凌人，所以，這城市長踞全球經濟自由度前列的地區，同時也是最貧富懸殊的地區之一，堅尼系數已逼近 0.7，早已超越 0.4 的警戒線，但政府完全放手不管，美其名為自由經濟，實則讓小商戶在森林裡自生自滅，成為企業野獸的美味點心。

巴拿馬文件揭露，全球最富有的 1%，比其他 99% 加起來更富有。貪婪導致二〇〇八年的金融海嘯。法國大革命源於貧富不均，人民起來反抗皇帝和貴族，送他們上斷頭台。放眼今日，小商戶若不想成為散沙被逐個擊破，就應該組織起來，統合為一股力量，向大企業反擊。起來，不願做奴隸的人們！

可是，老林只空有想法，到底該如何行動，他一點頭緒也沒有。不過，以後，有的是時間，他可以慢慢思考。回家慢慢思索。這條街太吵了，他甚麼也想不出來。即使已經深夜，那些二十四小時營業不打烊的店鋪仍然猛力播放自家的音樂，嘈嘈鬧鬧，形成大街上的所謂「拼貼交響樂」，也就是噪音。奇怪附近的居民怎麼可以入夢，其他行人也不當是一回事？

行人以年輕人居多，穿上走在時代尖端的服飾，也有剛下班的上班族，拖著一臉倦容，蝸居在體內的是蒼白的靈魂。

在老林讀過的史書裡，活在舊社會的農民上被老天折磨，下被無能無恥的政府迫害，後來才發現其實現今世界比歷史上任何一段日子都更來得黑暗，更鬼影幢幢，是幾乎看不見的白色恐怖。在全球資本主義集團的操作下，大部分人都被跨國企業操控，辛苦賺來的錢轉眼間又投進大企業的金錢系統裡，只能短暫決定現金流的去向，享有的一切自由都只是獄中的自由。大部分浮世男女都看不透，逃不出，或者看得出，也逃不出，只能可悲地醉生夢死。

老林的思緒被一個從便利店跑出來的黑衣青年打斷。那傢伙像沒長眼睛的把老林撞倒在地。小林書店的膠製招牌就此斷成兩截。

老林怒不可遏，爬起身來，要把對方打落十八層地獄。那青年一看就知道是個死宅男。在當下的新穴居時代，宅男蝸居生活，對世界一無所知，無動於衷。書店之死，這種人就是袖手旁觀的幫兇，是文化湮沒的罪人。他們頂著現代人的面孔，腦裡卻是石器時代穴居人的思考方式：對洞外世界的認識就反映在洞壁上的塗鴉裡，也就是膚淺至極充斥火星文（老林並不知道潮語和港女文）的高登（孤陋寡聞的他沒聽過連登）。他們不敢貿然步出洞外，只是為了食物才敢深入危機四伏的世界。

穴居人挽了幾個給裝得滿滿的大膠袋，脫下耳機，連連道歉。老林不願意息事寧人，要那青年賠錢。

「賠多少？」他結結巴巴問。

老林雖不知道今時今日製作一個招牌的價錢，隨口報了個很高的價碼，大概是誇大了數以十倍的價錢。青年不再理他，逕自走開。老林抓起他大衣的後心，把他拉回來，幾乎就要出拳打人時，一雙結實的手臂從後伸出，扣著老林的右手。

「小林，算了吧！不過是孩子。」

身後的聲音道。

青年見機不可失，頭也不回，從老林的魔爪掙扎出來，急忙小跑步奔進便利店對面的大廈裡。

老林轉過身來，是個和他年齡相若的男人，穿著光鮮的便服，臉上掛起禮貌客氣的笑容。

他花了幾秒才認出是小江，好久沒見的中學同學，平日不多聯絡，見面總是在同學聚會裡。二十多年前，老林被書店的業務羈絆，很少出席同學聚會，漸漸和大夥人失去聯繫，成為孤島。網絡時代降臨後，老林這孤島不只被發現，也搭上大橋和其他島嶼連接起來，從此在網絡上互通消息，交換心情札記，也就是時下流行的「飛鴿傳書」，或簡稱「傳書」。

「真巧。」老林意外見到老同學，很是驚喜。

老江搖頭。

「知道是最後一天，不敢去店裡打擾，坐在對面大廈的茶餐廳守候，見到你的身影才過來。」小江給他一個深深的擁抱。「來，我請你喝一杯。我一直看你的部落格，知道你不光顧連鎖店。我們可以去茶餐廳嗎？」

老林以為結束了書店後要獨自回家，沒有前路，也沒有明天。書店在仍沒結束前，已和他同被整個城市遺忘，沉到維港的深處。

沒想到結果竟是不一樣。

老林的心頭微微顫動。

十二——電影男

看得見卻摸不到的女子坐在他上面，她那張半張開的櫻桃小嘴發不出聲音，聲音來自她身後的立體擴音器，裸裎的胸部搖搖晃晃，身體來來回回移動，他的手也忙著上下。被緊握的興奮愈發難以收拾，最終噴發出來。

已經有好幾天，電影男已經不再是電影男，而是手槍男。說到打手槍這回事，他還做過點學術研究。據說好久好久以前的道具是春宮圖，也就是純圖畫，而且是擬真度很低那種。天！怎樣打?!根本無法投入。後來升級用照片仍很勉強，太靜態了，所有動態都要靠自己幻想，祖父輩們太可憐了。色情電影比較好，起碼會動，可是只能活在電視或電影畫面裡按照劇本把動作重複一遍又一遍。一成不變，悶也悶死人。話雖如此，據說，他們的父親就是這樣變成男人的。

所以，他們這輩數位世代，是最最幸福的一群。「幻之女」是電腦投射出來的幻影，可存活於家裡任何一個角落，擬真度沒有百分之百也達九十九。玩家可以控制其身高三圍膚色毛髮各種參數，臉孔可替換，甚至把尋常女子的臉用 deepfake 接上去，配上 AI 後能和你聊天，噓寒問暖，比女友還溫馴和關心你的「性福」（台灣傳來的用語），永不 say no。據說，好多同輩已立誓終生不娶。常言道：此生一個幻之女，勝過後宮三千。

也就是幻之女，再一次陪他在人生的谷底裡，撫慰他的心靈。

他已不敢再上電影討論區，狠狠看了幾部重要的經典科幻電影，在〈經典電影問題大測試〉始終比不過狂迷，簡直是奇恥大辱。他沒有多話，腳底抹油以超光速離開，暫時閃避狂迷的嘲笑。網絡是高速運作的世界。網絡一日，世上千年，無法用愛因斯坦的相對論解釋。幾個星期後，生態又會改變。舊人離場，新人加入，他很快會被人遺忘，到時又可重出江湖。

這段時間，不想再看電影，反正早前已看得太多了，得打理其他興趣和業務。

電影男除了電影外，也有好多嗜好，興趣廣泛。

◉蒐集美女圖，從網絡上下載，或是用手機拍下立體照片。有時一個下載包裡含有數百張圖片，保守估計儲存量超過十萬張。有些同好會為收集得來的圖片建立資料庫，他可沒這時間，因此不排除重複下載。他不介意，就當是備份。

◉收集各類型電影書籍的電子檔位過千個，中英兼備。電影歷史、電影指南、編劇技巧、剪接方法、美術設計、電影音樂發展史等全部一應俱全。看過的，大概不到百分之一。

◉AV，也算是電影的一種，他下載得多也看得多，並認真建立目錄（網絡上早有相關的軟件，他已下載到硬碟裡，可是卻忘了），此不贅言。

以上嗜好大部分都不花分毫（硬碟太便宜，可以不必計算），真正花錢的，只有蒐集模型，不管是美國或日本，衍生自漫畫或電影，只要他有錢，都會上網訂購限量版，約有百多盒，是他收藏品裡最少的一種。大部分未開封，也沒這打算。他自小就和其他模型迷般相信限量版有炒賣價值，只要有人忍不著開封，剩下來沒開的價值就愈高，因此和紅酒同樣具備投資價值。紅酒保存不當，會壞掉。模型可沒這問題。他深信，終有一天，模型會成為正式的投資工具，甚至出現相關的基金，他也會因模型致富。

電影男。手槍男。模型男。不同的分身，就是不同的身分，讓他游走在不同的網絡社群江湖裡，彼此互相支援、站台、留言。每個分身的外貌都不同，也採用不同的電郵地址，以免讓人識破萬變不離其宗。

他同時以多種分身在網上，頂多是三個。四個分身已令他疲於奔命。有些人說，你頂多只能同時應付七個分身，不然的話，就會出現人格分裂，就像成為《24個比利》（*The Minds of Billy Milligan*）的主角（此處為電影男不學無術的誤解，原著小說的主人公是先天多重人格失序，並不是後天形成）。

電影男要隱身好一陣子，他可以集中火力在AV男和模型男兩個分身裡，用他們的身分看綜合留言。

——有人買了最新模型的復刻版異形嗎？（17筆回應）

——家裡有多少？（247筆回應）

——每月花多少錢買模型？（137筆回應）

——推介最好用的影音軟體？（57筆回應）

……

……

——有沒有人想結識女朋友？（377筆回應）

（點選）

——根據希臘神話，女人貪得無厭，永遠吃不飽，只會花盡男人的錢。同胞勿近。

——你說的是一種非常可怕的動物，比細菌和病毒更可怕。

——很想找女朋友，可是每次接近，心跳都會加速，口齒不清，大概她們身上有看不見的死光。我連搭訕也不敢。

——我要和她們一起吃晚餐，然後帶回自己的家裡，脫光她們的衣服，盡快進入裡面。（留言已遭投訴7次）

手槍男沒有留言。今天他只看不說。即使網絡上沒有人知道他是誰，有些話也不必細表。二十三歲人了，他好想好想認認真真找一個女朋友。他十八歲前就有性經驗，透過虛擬美女程式——也就是幻之女的前身——DIY，正常不過。幻之女面世後讓他從此不能自拔，和數以百計的女子發生過關係。可是，那其實只是和自己的右手做愛。他從不知道被陰道包緊的感覺，也沒親眼見過女性的裸體，反過來，他自己的裸體也沒讓女人看過。他的性愛經驗值全部都是虛幻的。

他聽人說過搭訕系統的好處，他的手機也內置了相關功能，可是他不敢用。搭訕很容易，只要臉皮夠厚，成功卻很困難，要有點本事。他寧可偷拍女性的立體照，接到幻之女身上，讓事情直接和方便得多，而且沒有不必要的難堪。他喜歡美女，可是並不熟悉美女，沒進行過田野考察。自問對美食也沒有甚麼心得，買衣服也是上網訂購，逛街完全不在行。女人經常掛在口邊的牌子，他一個也不認識，和她們沒有共同話題。

多年前，有個叫《電車男》的故事，說一個宅男在交通工具上英雄救美結識了美女愛瑪仕，不但成為宅界的一時佳話，也是神話。套用荷里活的編劇手法，就是走神話學大師坎伯（Joseph Campbell）的《英雄之路》（*Hero's Journey*）。宅男排除萬難成功奪得美人歸，是柯德莉．夏萍（Audrey Hepburn）主演的電影《窈窕淑女》（*My Fair Lady*）的變奏。不過，在現實社會裡，起碼在他認識的網絡社群裡，從來沒聽過類似的故事上演。宅男像是命中注定，一日宅男，終身宅男，永不超生。

不，他想起好幾天前在便利店構想的即食麵故事。只要他努力，一定可以擺脫宅男的惡名，得到女子的垂青。他開始到網絡上找尋結識女孩子的攻略，準備結識一個真正的女性。

只要成功了一次，就會有第二次，第三次。

十三——Alexa

星期六，才下午四點，天色已一片灰暗，街燈也亮了起來，卻沒有影響Alexa的心情。她習慣了，早習慣了。城裡的好幾百萬人也一樣。城市適應了長期迷濛的天氣，商家更推出大量相應的產品，像自稱配合這種天氣的化妝品和服飾。

鬧市人來人往。趁人家還沒來，她注視自己在商舖櫥窗裡的鏡像，打扮得還不錯，算討人喜歡。

她游目四顧，好奇從自己的關鍵詞變出來的男子是甚麼模樣。

這個他，是她登記關鍵詞配對五天後找到的。兩人不只用短訊談天，也用網絡視像會議聊天，戴上時下流行的數位面具。她是公主，他是公子。兩人決定保持神祕，出來見面時才以真面目示人。

才不過兩天，她已急不及待邀他出來會面，他倒是不斷推塘。

「最近很忙呀！」他一推再推。

「所以才要出來，我會給你打氣鼓勵。」她盡力游說。

為了見他真身，她寄了自己的長腿照片過去。姊妹說這一招雖不萬應萬靈，但對很多男性非常奏效。

這個男的也不例外，收到照片五分鐘後就答應。

想著想著，她身前的的廣告鏡像竟倏忽起了變化。她換上黑色的長裙，身子給拉長了，置身在豪華的宴會廳裡，大廳的二樓掛滿宮廷油畫。她和一個長得很不錯的男人在舞池裡翩翩起舞，跳的舞——她看不出來——可能是華爾滋，只肯定不是芭蕾舞，配上旋律優美的古典音樂。一曲既終，全場人向他們鼓掌。

人影慢慢淡出。是健身舞公司把行人的臉孔套上去的互動廣告。看來不錯，可是她沒打算光顧。她是可以不動就不動的人。她只希望佔據腦海的那個他也能像廣告裡的男人般給她幸福和美好的未來。

她的手機適時響起來。

難道他不來了？她忐忑不安。

「我到了，妳在哪？」

她回過身來，眼睛到處搜索，希望能比他更快找到對方。

有個男人站在原點像條獵犬般到處張望，似乎找不到約會地點。她小跑步離開案發現場，如狙擊手般站在對面的商舖冷靜觀察一個用免提耳筒的男人。

她問清了他的衣著後，確認了嫌疑人的真正身分。

網絡上自稱是二十七歲有五年多工作經驗從事資訊科技產業的他，看起來更像個社會新鮮人，還沒有學會穿衣打扮的本事。西裝顯然大了一個碼很不稱身，挺起的肚子顯眼得可怕，鞋子沒問題，但頭髮很不整齊，油光滿面，反射著不同的燈光。

她自問只是學生，穿的都是從連鎖服務店買來的衣物，雖不是名牌，但一身配搭都參考自時裝雜誌，品味不落俗套。

十多年前，日本有個叫《電車男》的都市傳奇廣為流傳，後來給拍成電視和電影。假得不得了。日本網上流傳整個電車男的故事從一開始在留言版上登場到結束根本都是出版社的幕後操作，是網絡行銷成功例子之一。若她是愛瑪仕，根本不可能愛上電車男。女人可以接受一個浪子，一個花花公子，卻不可能愛上一個比自己矮的男人。醜男可以大翻身，缺點可以改。唯獨身高，恐怕連上帝也愛莫能助。

當下的狀況，簡而言之，即使 Alexa 不穿高跟鞋，也比他高上半個頭。有些外國女人不介意男人身高，但她很介意。她只接受天作之合，而不是後天遷就。

千萬不要讓久未碰面的中學同學看到她和這種人在一起，不然肯定會從「校花」淪為「笑話」。給機會他？誰會給機會自己？

不要和他糾纏，否則只會夜長夢多。她關掉手提電話，轉身離開這個傷心地。白馬王子夢碎，誰不傷心？

「Alexa、Alexa、Alexa。」

他在身後呼叫她的名字。

她逕自步向地鐵站入口，寧願被巨龍吞噬。他沒見過我。不認得我。不是叫我。不要回頭。不——

不料他竟然擋在她前面，她不得不停下腳步。近距離觀察，真的比她矮上半個頭。

「為甚麼妳要走？」

「我不認識你。」她板起臉孔。

「妳是Alexa，我是深情的楊過，我們約好了在這裡見面。」

「我不認識你，我只是路過。」

她不敢正視他，高速經過他身邊，所幸他並沒有跟來。她順利穿過布滿廣告的隧道、閘口、扶手電梯，登入車廂。一邊走，一邊想自己的身分怎會給曝露出來。她的臉上沒有寫上自己的名字。難道這個看來尋常不過的男人竟有不為人知的超能力，平庸的外貌只是掩飾？

電話響起來。是他。她不想接聽，但又想接。

猶豫了十幾秒後才接。

他劈頭就問：「妳為甚麼要走？」

「先告訴我，你怎知道是我？」

「妳回來，我就告訴妳。」

「你不說，我就不回來。」

「妳回來，我就告訴妳。」

「你不說，我就不回來。」

「我們再說下去，就會成為一個永遠沒有出口沒有盡頭的迴圈。我姑且相信妳會回來，我就先告訴妳答案，好不好？」

「好。」

「我有個駭客程式，可以破解數位面具，所以一早見過妳的廬山真面目。」

她馬上掛掉電話，關機。原來如此。笨蛋！電話上說的話也能相信？深情的楊過愚笨無比，和原著裡聰明絕頂的楊過差太多了。

她下定決定以後絕不和陌生人玩網絡視像會議，數位面具根本不安全不可靠。今天的約會雖然泡湯，但總算拿到重要情報。

她不滿意的地方是，為甚麼以她如此高質素的女子，竟會從關鍵詞配對上找出如此低劣的男人？問題出現在甚麼地方？搜尋引擎沒理由錯得如此離譜，實在百思不得其解。

她只好安慰自己，在荷里活愛情片裡，女主角遇見的第一個男人都是配角。兩人的相遇和發展只是序章，是為後續的劇情鋪墊。真命天子在另一條平行線裡，也在眾裡尋她千百度，也許要在三十分鐘後才出場，像經典的《緣分的天空》（*Sleepless in Seattle*）。

幾個小時後，她又收到他的電話，她馬上接聽，並先發制人警告他，要是再來電騷擾，就會把他用駭客程式的惡行公開。他求她不要。他們從此切斷一切聯絡。

十四——黑帝

回到家靜下來後，黑帝才從電子郵箱抓出七天使寄來的電郵，原來魚雁往返了二十七封信，不算少。重讀之下，很多往事又給勾回來了。

七天使在第一封信裡自我介紹，剛中學畢業，想進入遊戲產業，不過數學和語文等科目都考得不好，鐵定考不進，希望能進黑帝的團隊學習，不支薪。黑帝拒絕，鼓勵他努力考上大學。

收到他第二封來信時，已在幾個月後，他說報讀了專科學校。那時黑帝正為《科魔大戰》趕得日夜顛倒，沒有回信。

久不久，七天使就會捎封信來說自己正開發第一個小遊戲，設計第一個場景，寫第一個劇本，設計第一個角色。黑帝以為自己在玩養成遊戲，七天使就是他培育的角色，遊戲系統定期提交成長報告。然而，就像以前的小說工業裡已成名的作家不會看沒有經理人代理的稿件以免日後涉及抄襲的控訴，黑帝也在官網聲明不會觀看任何未上市的遊戲意念。由於有專人把關把信過濾，到他手上的信往往大同小異，回信也多是千篇一律地鼓勵。

給七天使的回信也不例外，只是這個較他年輕近五年的小朋友特別愛透露自身的近況。他的信串起來就像一則成長故事，不像其他來信的粉絲頂多五、六封就意興闌珊。不過，對黑帝來說，他們都一樣，都沒有分別，不是粉絲或客戶，處於上下的關係。他的回信，只是公關。他從來從來沒把他們放在心裡。

七天使只是專科學校畢業，頂多就在團隊裡做工作人員，怎可能像他般做獨當一面的遊戲設計師？黑帝不但屢次登上產業雜誌的封面，甚至入選「亞洲英雄」。「在虛擬世界裡以英雄之路讓遊戲玩家重獲新生和自信，大大改變了電子遊戲的精神面貌。」遊戲評論家稱他創作的VR遊戲「無人可望其項背」。

他今天拿到的榮譽，遠不是一個唸兩年專科學校的學生能取到的。平起平坐？你醒了沒有？

遊戲就是新世代的藝術創作，好比中國古代的唐詩宋詞元曲，十九世紀的小說，二十世紀的電影。藝術家發揮靈感創作時應該動用最能掌握時代脈搏的工具，最貼近大眾生活的傳媒。小說、電視和電影已一一死去。單方面的被動接收已過時，互動才是王道。遊戲是最生動的藝術創作形式，集音樂、畫面、故事、互動於一身。

黑帝也算生得逢時。在大學裡攻讀遊戲設計，要唸劇本創作、配樂、人物構圖、場景設計、藝術史、色彩學、剪接等；此外，又進修了西洋歷史、宗教史、神話學等看似不相干的科目，全部生吞活剝苦啃，為日後創作以古代為背景的遊戲打下深厚基礎。

更能令他恭逢其盛的是，電腦處理能力和網絡傳送速度愈見強大，使電玩變得更複雜，畫面更逼真，人機介面接觸的方式和十年前已截然不同。玩家不必再呆呆的坐在熒幕前，而是戴上眼罩、耳機和手套，進入全方位的模擬真實境界，真正融入遊戲世界裡，連遊戲設計的技術門檻也大大降低，設計師的掣肘不再是技術條件，而是想像力。

這些技術上的改革是前輩們想過但無法做到的願望，如今終於由他們這一輩實現。模擬真實遊戲的歷史一片空白，就由他們來盡情書寫，自由創造。前不見古人的玩法和規則，就由他們這一代後來者形塑。就像指揮家卡拉揚，在唱片工業萌芽時大規模錄音。貝多芬、布拉姆斯、柴可夫斯基、布魯克納等傳統作曲家的全套交響曲全都給唱片記錄下來，其他傳統曲目、意大利歌劇，和炫耀樂團體質的作品不計其數，是以一經錄音，即成經典，成為後輩不得不參考的版本，尊定日後指揮帝王的地位。據說他在維也納金色大廳演出時，聲望足以叫地鐵停駛，以免發出的聲響影響老大師的心情。

黑帝回想七天使設計的遊戲示範版，雖然震撼有餘，但細心思考，把各個面相拆開一一咀嚼，仍然看得出其所然來。凌厲影像是承襲自「影像魔手」列尼史葛（Ridley Scott），旋轉式運鏡則師承自拍 music video 出身的導演米高．比爾（Michael Bay），急速的音效節奏仿 Hans Zimmer，故事線的走法則是來自黑帝自己。換句話說，七天使根本沒有自己的創作，不過集各家之大成，融為一體，然後聲稱是自己的風格，其實只是個道行不高的抄襲專家。

專案管理人怎會看不出來？

或者，他只是想找個人接替黑帝自己？

他發了封電郵給七天使，希望能會面，地點就在他的遊戲公司裡，他可以帶他參觀。黑帝的所謂參觀，當然不會涉及任何交流。他只是要趁機和他見上一面，摸清他的底細。

「我不能過來，你來找我吧！」

七天使的回覆很快，在一分鐘內，內容很叫黑帝吃驚。

——媽的，簡直不分尊卑，連專屬的遊戲也沒有，竟敢叫我上門？

黑帝很不高興，但他絕對能沉得住氣，畢竟，此乃團隊工作的政治手腕。要按得住那些自以為是藝術家其實只是工匠的設計師向來不是易事。好比樂團指揮，少點本領，團員可不會和你客氣，特別是客席指揮，隨時會給老牌樂團摔一跤。

「好。」

黑帝簡短回覆。兩個字也嫌多。

七天使報上地址，又道：「見到我時別驚訝。」

黑帝不認為有甚麼值得大驚小怪，就算是三頭六臂的怪獸，甚至沒有頭的人，他在遊戲世界裡也見識過不少。他經常都說，愛打電子遊戲最大的好處，就是練好膽量，就算世界末日降臨，也沒甚麼好怕，所有駭人的景象早就盡收眼底。

第三章 CHAPTER. III

貪婪 GREED

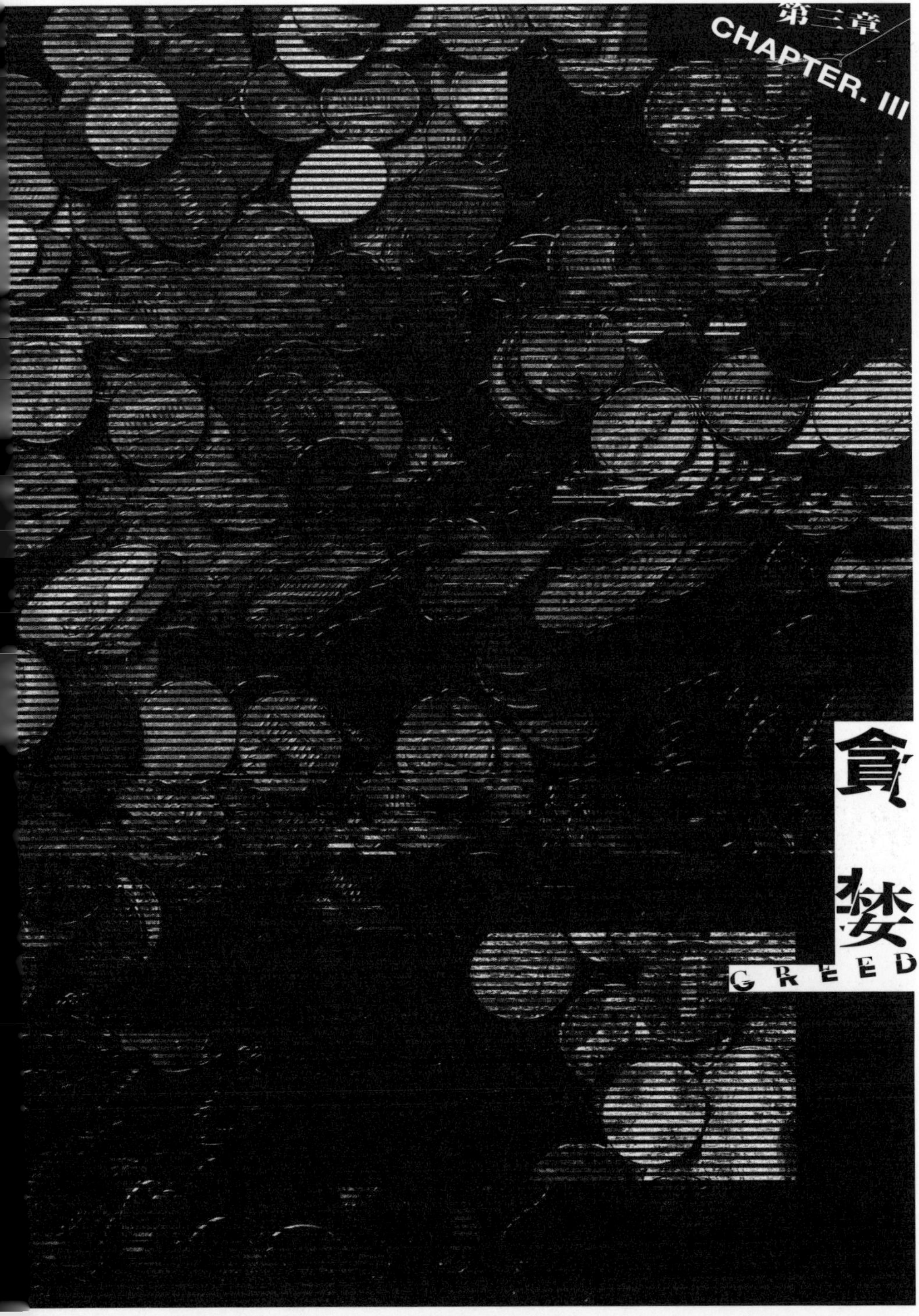

凡不滿於所擁有者，
也無法為一切期望滿足。

——蘇格拉底

"HE WHO IS NOT CONTENTED WITH WHAT HE HAS, WOULD NOT BE CONTENTED WITH WHAT HE WOULD LIKE TO HAVE."

SOCRATES

十五——Medina

Medina四十五歲後的中年苦悶生活，在搭訕系統面世後重獲生機。

只要加入搭訕會做會員，就可以在手機上找到在場其他會員的資料，大部分附上相片供辨認。她一向被動，只要去到現場，很快就會有人主動聯絡。她可以先在手機上閒聊，再決定是否和對方面對面溝通。最高紀錄一晚有二十多人找她，花多眼亂，她一時下不了決定，只好同時和十二人溝通。那些男人的身影在手機畫面上進進去去，叫她搞不清誰是誰。最後，很有醉意的她召來所有十二個男人，就像十二宗徒，一個個坐在面前。她發問，他們回答，像真人show一樣。最不同也更瘋狂的是，獎品就是她自己。

一言既出，滿座皆驚。酒吧裡的燈光昏暗，看不清人的容貌，只聽到杯子桌椅腳步混合的聲音，她覺得圍觀的起碼有過百人，酒吧外面好像擠了更多人。而她連十步以外的事物已看得不太清楚。

人聲太吵了，她說再吵就不再玩下去。誰發出聲響就馬上被其他人怒視。誰舉起手機想拍甚麼，馬上被人攆出去。「不能拍，規矩。」幾個看不見容貌的人朗聲道，很有威嚴。

好不容易平靜了下來，居然可以聽到酒吧外頭的嘔吐，有四、五次之多。

趁自己還沒醉得不省人事，也沒有清醒得會後悔，得趕快行事。

「誰願意付我的車錢？」

全部十二個人舉手，如她所料。

「誰願意付今晚接下來的費用？」

只剩下一半人，數目比她想的少。

「誰願意和我玩多P？」

只剩下兩個，希望是長得最好看的兩個。

「還有一個名額？有沒有第三個？」

沒有……。真的沒有？失望。

穿著短裙腳踏三寸高跟鞋亮出修長美腿的她挽著兩人的手臂離開時，身後響起一片歡呼聲。上車，下車，上酒店，進房間。他們想和她一起洗澡，但她萬萬不肯。關上門，獨自在浴室裡，注視鏡裡全裸的自己，做最後的掙扎和猶豫。真要這樣？比以前又跨出一大步了。可是，身體已不再年輕，以後要玩得如此瘋狂，怕有心無力。

她用毛巾包裹自己走出浴室，只見兩個男人不發一言，分別坐在床頭和床腳，下半身用毛巾遮掩，幾乎同時微笑站起來恭迎她出場。她隱隱覺得兩男早就相識，而且是經驗豐富的老手，所以才敢並肩作戰。他們把燈亮著，解下她的毛巾，仔細撫摸她全身。才不過四隻手，她卻覺得摸她的是千手觀音，全身每一根毛孔都豎起來。前戲做了好久好久，等她準備就緒，兩男才正式出招，其中一人先從後邊來，把她插得好舒服時，另一人才塞進她口裡。動了一陣後，再給她轉身，上下齊來。花樣換了好多，有時是單騎上路，有時是雙龍出海，不斷變動陣式。不像和一個男人交合般是合久必分，分久必合，和兩個男人同時歡好，她下面沒有一刻空閒，不停的出出入入，沒有歇止。他們猶有休息的時候，她卻連回氣的機會也沒有。

那一晚到底做了多久，她怎也想不清楚，只知道體驗了她生平的第一次3P，也過了極其荒唐和累人的一夜。如果有人拍下來，肯定和最荒淫的色情電影沒有分別。

「就像一個女子獨力應付三百個斯巴達戰士，他們是為性戰而來」，那本專題介紹的女性雜誌沒有騙人，執筆的是個著名蕩女作家，以身體寫作，文章附上《戰狼 300》的電影海報，只是主角給換上女作家的臉，「Prepare for glory!」和「Thirsty for Spartan Juice!」兩個套紅的宣傳口號給放大了好幾倍。Medina 果然過了瘋狂刺激的一夜，但她沒再去那家酒吧。

她相信性愛可以使女人美麗，但過度就使人元氣大傷。她現時的性生活已沒有往日般頻繁。一星期頂多兩次，也要視乎對手的樣子，不能看來很粗魯——雖說有些事外表看不出來——她只能憑經驗和感覺仔細挑選。上床前，約法三章，一切都要依她，太激烈的動作，她絕對不會答應。

這些多姿多采的生活，就是她放棄兒子換來的。她謝謝年輕的自己當年下了英明的決定，讓現在的她不是單純的上班下班或做家庭的奴隸，而是享有身體的自主和靈魂的自由。簡單來說，就是選擇性愛自由。

這天下班後，她去了公司附近的 Middle Kingdom，希望能好好放鬆和紓解心中的抑鬱。她不敢確定那張桌子的年輕女子是不是自己的學生。她看來好面善，可是仍不敢確定。很多事情自己最清楚。妳可以花錢留著青春的外表，卻無法讓大腦保著年輕時的急轉彎或過目不忘。

女子連連望她，應該是她的學生不錯。年輕的小姐會原諒自己的善忘。最近也真是的，要不是手機提醒，資生堂近期那套促銷的化妝品，她又會在迷迷糊糊間給自己買上一套。家裡已經有很多重複購入的日用品，像唇膏就沒關係，書就麻煩了，送人也未必有人收。看書的人，已經愈來愈少了。

她從手袋裡拿出日前從一家快要結業的書店裡買下來的小說，攤平在餐桌上展讀，希望可以逃進另一個世界裡。不過，今早的偶遇仍歷歷在目，叫她一個字也看不進腦裡。思緒亂竄。想的盡是不相干的事——雜誌說近年世界各地都有些男人都喜歡愛看書的女人認為她們腹有詩書氣自華的文藝氣息可以彌補他們沉迷電玩世界失落的精緻文化書最好是小說或者有點深度的文化讀物最忌財經商業管理等實在太俗不可耐有時她不免懷疑這股潮流會否吹襲到這個一向被公認為文化淺薄空洞的國際大都會向她搭訕的男人幾乎都不曾和她談書又或者這個想法其實不過是出版業和周邊產業及既得利益者合力製造出來的思想病毒以拯救長期不景氣的業界她閱讀的習慣不是由此而起而是已持續了好多好多年就像法國女人至今仍然喜歡閱讀認為是一種優雅一種魅力甚至是一種嫵媚法國女人可以接受年華老去的自然美 Medina 可不行她不能接受自己變老她的字典裡沒有那個令她雞皮疙瘩的字。

手機響起來，把她拉回現實世界，難道是地鐵裡遇上的馬莎？不，來電的是個年輕男子，模樣不是很清楚，把熒幕上的字放大，看到的是「好客的 Sony 可以請您喝杯飲料嗎？」

她抬頭，很容易就找到他，是在場少數樣貌看來醒目的男人之一，不容她看不到。她體內某些沉潛了好幾個小時的東西又燃燒起來，精神又為之一振。

這種東西，不只是她現時最需要的，也是她一輩子不可或缺的。

她放下手機，沒有回覆，挽起手袋，拿起桌上那杯 Oolong，直接朝男人走過去。

十六——Sony

搬進新居前，要辦的事已辦妥得七七八八。唯一要解決一事，只剩下 Money。

Money 指的不是錢，而是 Sony 在年多前買下來的一隻小狗。當時他認為，能夠在都市的蝸居裡養隻狗，才算有點與眾不同的身分地位。

他去到寵物店，買了隻最當時得令最流行的「迷你品」。乍聽到迷你品，他以為是甚麼狗的迷你品種，拼命問店員到底是甚麼狗的迷你品，豈料原來迷你品（miniature pinscher）自成一種名堂，來自德國，活潑，聰明，有「玩具狗之王」的美譽。Sony 喜歡王者這個顯赫的字眼。

Money 抱回家時才三個月大，很聽話。上班時，把狗寄居在寵物教室，讓導師教牠基本指令和定點大小二便，下班後接回家，一如家長把子女交付專人託管。自然花不少錢。遛狗是最歡樂的時光，Money 在街上很能吸引途人的豔羨目光，但要他低身撿狗屎，又有點渾身不自在。

一年過去了，寵物市場上最流行的，已不是迷你品這個狗種。加上要搬家，傢俱和電器要全部換掉新的，小狗又豈能獨善其身？狗不只是寵物，也是身分象徵，應該也與時並升級到更高階的品種，不，更名貴的品種。

那天早上，餵牠最後的早餐後，Sony 塞牠進租來的車裡，開半小時去到郊外，見四野無人，即打開車門，把牠推出車外，再踏油門加速離開。車速甚快，吠聲逐漸遠去，最後消失於無。山上不乏大大小小各個品種的流浪狗，以前大概也是來自寵物店，曾經是主人的寶貝兒子掌上明珠，如今終於重獲自由，在郊外自建狗國，不愁寂寞。

回家後，他把所有狗用品和狗糧全部丟掉，一件不留。日後養狗時再買。他告訴自己，日後買狗，也別買植入晶片的，方便遺棄時不留痕跡。

後來左鄰右舍問起怎麼不見他的狗狗，他乾脆說死了。旁人慨歎真可惜，也沒再說下去。沒多久 Sony 就搬走了。

新居入伙第二天，Sony 終於收到期待已久的邀請信，他們寄到他的郵箱裡。

威尼斯會據說是當代最龐大的祕密結社，人數可能超越共濟會。沒人知道他們的總部所在，不知道在背後操縱的是甚麼人，不知道這是個怎樣的企業（有人懷疑威尼斯會的大股東是經營威尼斯賭場的金沙集團，但遭雙方否認），不知道他們會用甚麼準則找上你。比較容易掌握的是，你要有一定賺錢能力，願意消費，而且，要花得有品味。

大概是早前買下仿 Sony 陳列室的單位吸引了他們的注意，不過，這可能只是開始。其後他又花大錢添置了不少玩意，最後要分期攤還的透支項目多得看月結單時也覺得刺眼。

威尼斯會不定期在酒店或展覽中心舉辦化妝舞會。只有收到邀請信的人才能出席。據記者混入後透露，到達會場後，會員要穿上代表不同等級的面具。不同等級，接受的招待也不同。不要妄想可以戴上自製面具，所有面具都連上個人辨識系統。離開了會場後，切記別透露太多詳情。那位顯然暴露了太多的記者和把關的編輯都受到最嚴厲的報復：被辭退。而且相關傳媒從此三緘其口。有人認為侵犯了新聞自由，有人認為威尼斯會隻手遮天，但尊貴的會員並不同意。若有會員想在網絡上以匿名的方式透露蛛絲馬跡，威尼斯會也有辦法把閣下從茫茫網海裡揪出來，並終止會員資格。

好不容易才能獲邀，Sony 才不會透露口風。所有威尼斯會會員只會不動聲色把個人用品，從杯子、眼鏡、皮包，到外套、雨傘，甚至內衣和內褲，都換成印上威尼斯會那個面具標誌而且索價不菲的身分象徵。

在公司裡，幾乎大部分高階管理人員都是威尼斯會會員。和他同級的同事，則一個也沒有。

這次威尼斯會聚會的地點在灣仔會議展覽中心。工作人員披上威尼斯化妝舞會舞衣和形態各異的面具。門口有個巨大的分流站，招待收到邀請信的人。

Sony 想起大師級導演寇比力克（Stanley Kubrick）的遺作《大開眼戒》（*Eyes Wide Shut*），湯告魯斯飾演的主角滿懷好奇獨闖神祕的假面舞會，目睹性派對的場面，真相疑幻疑真，幾乎惹來殺身之禍。

難道，威尼斯會的那些產品也只是幌子，骨子裡販賣的是高級性用品？或者，是一個跨國性愛集團？

想著想著，工作人員掃讀他的手機後，遞了個面具給他，要他即時戴上，除了手機和錢包外，其他個人物品都要寄存。

「我們的臉容辨識系統記得你。」

會場裡漆黑一片，像身處外太空的異世界。他過了幾分鐘後才適應下來，但發現自己迷了路，人群像在另一個地方。這面具大概是加了特殊裝置，讓他看到懸浮在半空的文字和圖像解說。

來來回回走了一陣，他才知道是甚麼一回事。原來會場給隔開成大大小小不同的房間，穿上奇裝異服的男男女女合作變出一個個奇幻魔法。手提電話可以穿梭陰陽界，呼喚生者與死者。鏡子裡的自己無限美麗。可以變出無限財富的皮夾。最控制氣氛的是背景音樂，女高音美如天籟，無以名之。這不是古典音樂，而是 new age。貝多芬最美的旋律相比，只是靡靡之音。他幾乎以為已登入仙境。此曲只應天上有，人間能得幾回聞！他的未來一片美好，前途無限，感謝自己有幸來到人間。他要把場內所有出類拔萃的產品都帶回家，好提升自己的精神力量和品味。

他問戴上哭臉面具的工作人員怎樣購買，對方叫他稍後仔細聆聽教主的話語，一切由教主決定。

坊間盛傳威尼斯會有個無所不知的教主。他會給會員各種指引，指出未來的方向。加入威尼斯會，就是希望能聽到教主的一席話，即使教主從來不到現場。

有人說教主並不存在，只是由AI合成面容和聲音，但在這年頭，連AI也無法分辨AI合成人和真人。

過了不久，講台上浮現了一個兩層樓高的人形。他一臉莊嚴，黑頭髮，看不出年齡和國籍，但雙眼炯炯有神，像能洞悉每個人的內心，瞭解大家的慾望和恐懼。場內掌聲雷動，響起發聾振聵的掌聲，恐怕不在會場的人也聽得到。

「有人說科技是邪惡的，是魔鬼的引誘，驅使我們盲信科技，把科技發展推到極致，不只基因改造動植物，連人也不放過。可是，沒有先進科技的話，我們大部分人活不到三十歲，仍然過落後的生活，會因不同疾病而輕易失去寶貴性命。沒有科技，我今天無法人在千里之外和大家見面。

「科技是人類最珍貴的資產，是通往烏托邦的金鑰匙，只是有人誤用科技，製造大殺傷力武器和破壞自然環境，才把人類和地球推向毀滅邊緣。我們威尼斯會深知科技的可貴之處和價值，要把一切走向偏途的撥亂反正。所有威尼斯會會員都知道如何善用科技，人類未來就掌握在我們的手上。

「我們不是甚麼跨國大集團，卻幸好獲很多重量級人物支持。你們的加入，會使我們更有分量，而且使你們也會成為舉足輕重的社會菁英。只要我們理念一致，就可以拯救地球，朝美好的未來邁進。」

教主的話不長也不沉悶，聽得人如痴如醉，但 Sony 卻記不了接下來內容。只記得教主說，所有產品都是限量發行，先到先得。威尼斯會愛護地球資源，不過量生產。要購買的話，購物程式已自動下載到各位的手機裡，一分鐘後大家可直接下單，「禮物」會在三天後送到指定地址。如果使用的是威尼斯會出品的手機，使用的是加強版的購物程式，下單的速度會更加快，更容易買到心頭好。

Sony 不太熟悉購物程式的操作，結果原本想買的魔鏡和手提電話都被搶購一空，他只能買個笑臉面具回家，不致空手而歸。

他把面具鄭重放在電視旁邊。

即使只是笑臉面具，也足以讓他自豪，讓他開心好幾天。他相信整座大廈裡，只有他擁有這副面具。

十七——奈美

為了回復瘦削的身材，奈美沒有節衣，卻開始縮食。已有幾天沒好好進食，這幾天在街上見到的文字都開始變，手機地圖上標示的也不再是地名；報章不再報道新聞，而是——

……油爆雙脆，九轉大腸，清湯燕菜，松鼠鱖魚，叫化雞，霸王別姬，樟茶鴨子，燈影牛肉，清江團，夫妻肺片，宮燕孔雀，鹽焗雞，紅燒大裙翅，糖醋咕嚕肉……

每個中文字都變成符咒，變回象形文字，發出香噴噴的氣味和令人食指大動的口感。她想盡情大吃大喝，不顧後果，不要想太多。

「妳很快就會變成像我這樣胖。」

獨自進入無人的電梯後，她發現那個誇大了五倍的她也在裡面，穿上和她一模一樣的衣服，加加加大碼的，聲音也是一模一樣：「妳看，一個人已佔了電梯一半的空間，妳羞也不羞？」

「很羞，如果我因此而投降的話。」

電梯門上適時播放廣告：「納米機械人，讓妳怎也吃不胖。」電梯速度很快，廣告往往一閃而過，卻已在奈美的腦海裡激起漣漪。

回到時裝店，換上制服，繼續工作。她從不和同事一起吃飯，獨自匆匆吃了點小食給身體注入了足以維持生命繼續運作的微弱能量後，撥了通電話。

電話響了三聲後已有專人接聽，很有禮貌。她不耐煩也沒有時間，開門見山詢問對方，納米機械人到底是是甚麼高科技玩意。

「就是在您的肚裡養一堆機械人。」

「拳頭大的機械人？你要打開我的肚子放進去？」

「不，納米機械人比筆尖還要小很多倍，所以不必打開肚子，只要您吞一顆很小的丸子進肚裡，讓它去到胃裡溶解後，就會釋放裡面的納米機械人。它們會自動游到消化道相應的位置，把食物的多餘營養排出體內，不讓您身體吸收，是最新的高科技產品。」

「就像排油丸一樣？」

「比排油丸強得多了。機械人會自動計算您一日所需的食量，只把多餘的營養排出。」

「安全嗎？」

「只要聽我們的指示，絕對安全。這種技術通過了很多國際測試，也拿過很多獎，沒聽過有甚麼問題。」

「聽起來，好像是科幻小說裡才會出現的高科技，我以為要幾十年後才會出現。」

「科技早就有了，問題是大家願不願意付錢而已。這技術是我們公司的專利，現在處於推廣期才比較便宜，幾個月後就會大幅飆升。您上來聽座談會的話，我們可以詳細講解給您聽。最好快點報名，這幾天廣告推出後，反應踴躍超乎預期，最快要一個星期後的座談會才有空位。要不要給您留位？」

奈美想也不想便道：「好，我報名。」

可是想到要一星期後才能出席，也就是七天後才能逃出眼前的地獄，實在很難忍受。反正，最後她多半會光顧，為甚麼還要再等？

「可以不去座談會直接找你們？」

「當然可以。」

第二天，奈美出現在瘦身顧問公司裡。顧問用半小時重複她在電話裡聽過的話。

「只要吞下丸子？就是這麼簡單？」

奈美坐在全白色的房間裡，顧問微笑點頭。

吞下丸子很容易，後續的還款卻不是。奈美在接下來的三年裡，每個月都要上繳月薪的三分之一，絕不便宜。所幸優惠套餐包括升級，納米機械人科技日新月異，三年內的一切升級全部不另收費。

有了機械人，纖瘦和美食就能共存，可以大大滿足她的食慾而沒有損失，這簡直是一種夢幻技術。能成為第一代享用這種科技的人，她高興得不得了。她想起，她叫「奈美」，而納米在台灣叫奈米，好像隱約代表「納米就是美」。使用納米機械人，也許早就是命中注定。

吞下機械人後，奈美不覺肚裡有甚麼異樣，不像有甚麼外來物佔據她的腸胃。她覺得吞進肚裡的是自由，放縱食慾的自由。

「就像我剛才說過，即使用上納米機械人，妳的食量也不是無限，妳不可能吞下一噸食物，就算只是一百磅也不可能。納米機械人不是萬能，它們也有其極限，只能提升妳的食量至平常人的兩倍左右。戴上這個項鍊後，如果到了食量的臨界點，納米機械人會通知妳，妳的項鍊會微微震動。到時請妳務必馬上停止進食。超過了，身體出了問題，即使我們也無能為力。我們的保險不承包超額進食造成的傷害。」顧問不厭其煩再三提醒她。

奈美點頭，同一段話，已聽了三次，實在浪費時間。此時她關心的，她焦點所在的，她一直期盼的，是傳到手機上的自助餐贈券。

十八——老林

「喝 Oolong，更健康。」

Oolong 的廣告一如以往的可口可樂和黑白淡奶，在茶餐廳裡無處不在。桌面上：牙籤筒，放餐牌的夾座，茶杯。桌面外：牆壁，冰箱，員工制服，大門。

「烏龍茶當然比 Oolong 好喝。只有不知背後文化底蘊和政治意識形態的人才會捨烏龍茶而喝 Oolong。」老林每一句話都有社會批判。

永遠燈火通明的茶餐廳，是老林極少踏足的國度。有人視茶餐廳為最能代表香港的地道飲食文化，你可以找到星洲炒米揚州炒飯炒公仔麵等在別處根本找不到的食物，老林也認為茶餐廳很有後現代的混血和拼貼的味道，值得他著書立說。

只要老林在書店，膳食都是光顧附近的茶餐廳，不過，只限外賣，是以對茶餐廳的認識，除了傳單和送上來的食物以外，便來自書本，正如他對社會其他事物的認識，也不是來自親身體驗。幸好他知道以後有很多機會來做田野考察。

「對面那書店甚麼時候關門大吉？」他身後的男人問，聲浪頗大。老林不必回頭已聽得一清二楚。另一人答：「好像是今天。有沒有去過？」「當然去過——它樓上的足底按摩，那兒的北姑同陀地都好正。」「我也去過，實在不錯，老闆說等書店關了門後，就一併租下來，把書店變架步，提供肉體上的食糧給朋友。」

老林回望，兩人都是二十來歲的彪形大漢，身上紋了圖案，俗稱「公仔人」，其中一人打大赤膊，背部的刺青是個千手觀音。

「你看甚麼？沒見過觀音？去對面的雞竇吧！有好幾十個玉觀音等你。」「只是看你一把年紀。怕你怎也吹不醒了。」老林霍地站起。兩個公仔人繼續嘻皮笑臉。「猜中了，真是老而不——舉。」老林隨手想抓起桌上的甚麼，被老江快一步搶走，老江更把老林硬拖出門口。茶餐廳裡好幾十人，從侍應、食客、馬伕、來自神州大地各省的佳麗，看著這場免費娛樂未開始便已落幕，難掩失望之情。

「你怎麼跟唸書時一樣火大？人家是黑社會。」

「這些算甚麼黑社會，不過是些烏合之眾，向小商戶收保護費，賣搖頭丸開色情架步。

以前黑社會管理一條大街時，會規管商戶不得惡性競爭，不得以本傷人，不得拖欠批發商的錢。」

「你說的是咸豐年代的事情。」

「才不是，五、六十多年前也是這樣。世界變了，變得愈來愈壞。男男女女不是滿腦子賺錢，就是想盡辦法互相勾引，像尼采說的，男人生來打仗，女人生來取悅男人。從十來歲起，直到躺進棺材裡，都在追逐物質和肉慾的享受，男人眼睛盯緊股市，女人把顏料塗在臉上，都是市場上的蒼蠅。那些批評下一代的上一代，也不是甚麼好東西。這個亂七八糟的社會，都是他們親手打造再留給我們的。」

「你說得不錯，但別站在這裡。」老江想辦法推老林到街對面，「我可不想給剁成肉醬。」

老林沒把老江的話聽進耳裡，只是隨他引領自己前進。

「做香港人很可悲。現在的小孩子一出生就要被迫競爭，本應歡樂的童年被所謂的興趣班填滿，很功利地學習琴棋書畫，長大後就對這些被塞進腦裡的東西失去興趣。從入學開始就成為有潛在自殺風險的壓力煲。如果中學畢業前沒死去的話，就要挑選能賺錢的大學學科，否則以後只能在社會浮沉，任僱主宰割，加班永無止境，一輩子都要為業主供樓。香港沒有法例保障僱員權益也沒有退休金，加上外判成風，人到中年就要擔心失業，沒失業的也容易有情緒問題。不幸生重病要去公立醫院求醫的話，你不知道要等多久才能開專科新症或做手術。不少藥物並不獲政府資助，你要續命就要把房子賣掉，如果你有的話，不然就只能等死，死後政府鼓勵家人把你的骨灰撒到花園或大海，一點也不要再留在世上。香港人這麼可悲的一生讓外國人以為香港政府很窮困，像金融海嘯後破產的國家。我操！香港政府有錢到可以用幾百億去做這個那個不斷超支的大白象工程，彷彿錢是從地上長出來，彷彿鑽油台鑽到維港海床後錢就會大把大把噴上半空。不，這些都是我們香港人的血汗錢。可是我們這些香港人的性命呢？一點也不值錢，政府不介意你死活。香港人不快樂，但官員很快樂，那些工程的既得利益者也很快樂。不管香港最後變成怎樣的爛攤子，他們都可以用外國護照走人。我巴不得 SARS 重臨，像龐貝的火山熔岩般席捲整個城市，和那些上等人同歸於盡！」

老林說得很激動，臉紅耳熱，老江等他冷靜下來才道：「好，你有你的硬道理，我們可以慢慢研究。不過，現在方便上你家嗎？我想和你好好談談。」

老林停步。

「你有事找我？」

「對，很大，很重要的事情。希望你能共襄盛舉。」

「你找錯人了。我除了開書店，甚麼也不懂。」

「不，你就是我要找的人。」

老林的家離書店不遠。

他和年邁而半聾的老父同住四十多年樓齡的唐樓。打盹的老人沒注意到有人回來。

家裡的所有牆都填滿書架，看不到後面斑駁的牆身。一半書架看得出是新的，那種光鮮的質感和其他老氣沉沉的傢俬及電器大大不同。而大部分角落也塞滿他捨不得變賣作廢紙而搶救回來的圖書。《戰爭與和平》（*War and Peace*）。《玫瑰的名字》（*The Name of the Rose*）。《東方主義》（*Orientalism*）。《歷史的終結與最後一人》（*The End of History and the Last Man*）。《經濟殺手的獨白》（*Confessions of an Economic Hit Man*）。《從黎明到衰頹》（*From Dawn to Decadence: 500 Years of Western Cultural Life, 1500 to the Present*）。《查拉圖斯特拉如是說》（*Thus Spoke Zarathustra*）。高低大小顏色厚薄都不同的書背和不相關的書名拼起來，猶如窗外的都市景觀般雜亂無章。

老林想沏壺茶，卻找不到茶壺，又不想只給白開水老江那麼失禮，在廚房裡不知如何是好。冷不防這一切逃不出站在廚房門口的老江法眼。他說甚麼飲料也不需用，把手搭在老林身上，領老林回到客廳。

沙發坐了老林父親，只剩下一個空位，誰也不願坐下。

老江站著問：「你準備東山再起嗎？」

「不會了，現在開書店的門檻太高，一個人根本做不來。其實很多行業也一樣，不能再用小本方式經營。」老林的視線不自覺飄到那些書脊上。只要看到書名，就能想起封面。「這些都是愛書，絕不變賣。」

「接下來怎樣？給自己放個長假去旅行嗎？唸書時，你說想去希臘的甚麼島看神話的源頭，你後來有沒有去？」

「十幾年前的農曆年假時去了克里特島，在克諾索司大迷宮（Knossos）探險了整整兩個小時。島上的商店下午三點就關門。那邊連鎖店不多，沒有星巴克，沒有麥當勞，連 7-Eleven 也沒有。希臘人喜歡家族經營的傳統手工業。有個機場給命名為卡山扎基（Heraklion International Airport "Nikos Kazantzakis"），紀念島上最偉大的詩人。他寫了本很著名的小說《基督的最後誘惑》（*The Last Temptation of Christ*）……」眉飛色舞的老林想到老江並不是個愛看書的人，就沒再說下去。

老江很耐心等老林說完才接口道：「我要找你的事，不確定你有沒有興趣，如果沒有，就算聽個故事好了，請不要說出去。」

老江從懷裡掏出一部手機出來。

「你看這有甚麼特別？」

老林接過，前前後後反覆細看揣摩。「就是一部普通的手機。」

「這是十個月後才會面世的手機。我們是一個反全球化的初創企業，看不過現時大企業為了賺錢而無所不盡其極，甚至放棄客戶私隱。我們要做一部安全的手機，不只安全，而且完美。是一部夢幻手機。」老江取回手機，用手指緊握手機兩側。手機畫面在毋須碰觸的情況下自動運作，「我們的手機不只可完全用聲控，也可以用腦電波控制，只要手機在五呎範圍內，你就可以一邊刷牙洗臉一邊用手機。」

老江的手機畫面顯示老林的樣貌，老林的手機很快就響起來。

老林想接聽時，老江就掛斷電話，但發了短訊過去。老林老花眼，脫下眼鏡才能看到。

「打字速度和你思考速度同步。老人不必擔心不會操作。你想做甚麼，手機就會自動完成」

「太厲害了！」老林大為驚歎，「這手機肯定一推出就會大賣。」

「沒錯，但我們和其他企業不一樣。我們希望顧客認識的不只是我們的產品，而是我們的信念。科技可以改變所有人的生活，而不只限於有錢人。」老江眼眉揚起，「我們需要你這種有名氣的文化人去宣揚我們的理念，向資本主義跨國企業宣戰。這是一場難打的仗，需要長期作戰，但你會有很多理念相同的戰友努力向同一個目標奔跑，我相信我們最後一定會……」

老爸咳嗽了幾聲，打斷了老江的話。

老林自知脾氣暴躁，老爸以前常會叫他「戒急用忍，行穩致遠」。即使老爸話少了很多，而老林也戒不了暴躁，但始終沒有忘記這句話。

老林倒了杯水，一邊讓老爸用飲筒吸來喝，一邊說：「抱歉，我要照顧父親。」

「那些連鎖書店消滅了小林書店，毀了你一生的心血。你不是一個戰士嗎？這是你向大企業反擊的大好機會。」

老江這一說，老林又氣在心頭，但聽到老爸的咳聲，老林毅然下逐客令。

老江沒和他糾纏下去，「沒關係。等你有空了再聯絡我，不一定要談公事。」離開前留下一張名片。

老林已經很多年沒收到名片，現在的人不喜歡印名片，把甚麼東西都電子化。名片很簡潔，只有老江的名字、手機號碼和網上的各種聯絡方法。

十九——電影男

電影男終於看完《不只給呆子看的網絡約會指南》，從網絡下載的電子書，七個月前出版的，不花分毫。

他一連看了好幾本相關的專書，這是第七本。

據這本書的作者說，約會這事人類已經做了好幾千年，永遠不會過時，也沒有甚麼特別的技巧所言，只是太多人和時下的年輕人一樣都是愛窩在家裡對著電腦，缺乏基本社交技巧，才把事情想得太複雜。約會，其實和去便利店同樣簡單。你只要踏出第一步就可以。只要根據這本書指出的七個步驟，就可以成功約會異性。

電影男從第一步開始，找了個交友軟體，登記做會員。他在真實世界裡是個大隱於市的隱士，在網絡世界裡卻是個無所畏懼的探險家，機動能力強，好比最近由日本電視台製作的《西遊記》電視劇（在這個版本裡，唐僧從平安京出發，走水路取經，妖怪都是持日本國護照的，其對原著的顛覆受到中國國民嚴正抗議。日本製作人表示此乃創作自由。中國多家電視台紛紛表示會改編紫式部的《源氏物語》報復）裡的孫悟空，一個翻身已是十萬八千里。

您的大名：電影男
年齡：23
興趣：電影研究
⋯⋯
您想找的對象
年齡要求：無所謂
星座要求：無所謂

興趣要求：無所謂

……

以前的人認為，有吸引力的男人和女人不會參加交友會。可是時代不同了。現在很多人在家裡工作，不去辦公室上班也不慣去酒吧，網絡成為他們最方便也最信賴的交友地點。愈來愈多人在網絡上物色對象，成功的案例愈來愈多。畢竟網絡無遠弗屆，利用強大的搜尋器，一定可以找到心儀的對象。

第二步就是輸入適合資料，先別設下甚麼要求，要找對象，應該建立最大公因數。訂下太多要求，精密的搜尋器會把太多選擇過濾掉，白白錯失大好機會。

作者補充，反正都是要出動，不妨一連造訪十多個交友網站和交友軟體，實行漁翁撒網的策略。你不知道和你命中注定匹配的對象在哪裡出現。

第三步就是靜候佳音。一般人在交友網站登記，用的都是假名，也有的是真名。你可以以名字作關鍵詞，查查在網絡上能找到甚麼，對方也許早已在討論區和部落格留下很多足跡，只等你去發現。小心閱讀字裡行間的訊息，你就能知道對方大概是甚麼人。

第四步就是回覆，用字要簡潔……。

這本書說網絡交友共有七步，接下來的篇幅洋洋灑灑，也比較實務，計有：邀約見面的方法、衣著打扮的學問、找餐廳的竅門、如何找話題和談話技巧、床上禮儀，連萬一發現對方心懷不軌或與想像不符後的逃脫技巧也不缺。

說得漂亮。電影男網絡交友的進展在第三步就行人止步了。他的徵友廣告刊載了兩個星期，一點結果也沒有。他經常檢查郵箱，徹夜不眠，心神恍惚，卻始終一無所獲。在一眾交友網站登記後，郵箱不錯是多了好多信件，卻全部都是廣告商發來的，以增強性機能的廣告為數最多。

「連女孩子也結識不到，性能力多強也無用武之地。」

他不禁慨歎，同時也發現，他電腦裡那個自稱能把垃圾電郵去掉百分之九十八的過濾軟體同樣形同虛設。

其實，電影男不是沒想過，以他在網絡討論區上的知名度，大可以搞個網聚，把經常來往的網友都約出來見面，到時各人長相一目瞭然，接下來就好辦事。可惜一來他不擅長搞聚會，二來據觀察，最近版面上的網聚反應都是平平，敢應約的人都不多，所以，免了。

十六點多，完成工作後，電影男到樓下的便利店走走。即使是白天，他也一身夜行衣。已好久沒踏出家門，加上過的是晝夜不分的生活，連刺眼得離譜的陽光都如女孩子般陌生（被重重煙霞遮蔽的陽光其實毫不刺眼，那種感覺只是電影男的心理作用）。上次讓陽光接觸皮膚的時候，好像已在幾百年前了。

不像夜晚時的便利店裡常常冷清，白天時人較多，不少人站在報章雜誌前駐足，不是評論報章的頭條，便是翻閱八卦雜誌的內頁，視乎個別雜誌封面的煽動程度而言。

他從來不買報章雜誌，只有上了年紀的人才會讀紙本。別說密密麻麻一堆字他沒有興趣，類似的資訊在網絡上也可以看到，應有盡有，不應有的也盡有，何必買來看？免費派發的報章，他倒可以接受。新聞一律都在短短數十字內報道完畢，簡單直接。文字太多的，他根本消化不了。偶爾有大事發生，報章就會用他最怕的方式報道：從好幾個不同角度切入，訪問不同的專家學者，加上引經據典和分析及預測，簡直令人昏昏欲睡。荷里活著名監製謝利．畢咸瑪（Jerry Bruckheimer）說過，high concept 的電影，應該可以用五十個字大綱吸引觀眾買票入場。新聞也該作如是觀。

老天！時間寶貴，別浪費人生。我們不錯可以連線閱讀世界各國的新聞，可是，法國總統搞婚外情和老婆離婚另娶情婦，上市公司老闆以天價投了幅甚麼名畫回來，天體物理學家修正了最新的宇宙理論或者發現某個離地球數十光年的星球上可能有生命，到底和我這個小市民有甚麼關係？

他的視線從報章雜誌轉向即食麵。貨架前有個男人正努力把貨架上的麵一一掃進購物籃裡。

一看衣著就知道是同道中人。同樣是穿上網絡商店售買的所謂簡約派服飾。最近猛吹回教風，一件長袍從頭罩下去，一直蓋到腳眼，加上連衣帽子，把整個人包裹起來後，足以和沙漠裡的惡劣環境抗爭。

「可是在這城市裡有甚麼用處？」電影男第一次讀到這消息時，奇怪這種服飾怎可能流行。

「你看過『星戰』系列吧！據說 Jedi 的長袍，就是從這種名為 djellaba 的回教服飾取得設計靈感。」有個網友相告。小道消息說，迪士尼正準備開拍「星戰」的第五個三部曲。和以往十二集不同，這個三部曲完全不用真人演員，全套電影都是由擬真度極高的電腦動畫製作。

等到第一次親眼目睹穿上 Jedi 服的人，電影男覺得實在不錯。免熨，不縐，方便之至。他很有興趣買一件給自己。

眼見絕地武士快要把所有即食麵掃進籃裡，電影男急步上前。

「留幾個給我，OK？」

電影男問絕地武士時附上難得的笑容。這是他幾天來第一句說出口的話，除了有他招牌的獨特簡潔風，語氣也有點生硬。他一向多話，但大部分是用手指在鍵盤上敲打出來的「手語」。

絕地武士回過頭來，沒有脫下 Jedi 服和拔出光劍，只以眼神上下打量電影男。經過短短幾秒的判斷後，終於發出恍似來自銀河系另一端的回覆。

「一人一半，ＯＫ？」

電影男點頭道謝。

絕地武士交出籃裡部分即食麵給電影男後，去了雜誌架，快手挑了其中一本後去結賬，神色有點偷偷摸摸，引起電影男的注意。

絕地武士把全部東西塞進背包後急速離開，彷彿是趕去加入 Jedi 大軍，投入對抗共和國軍隊的大戰。

電影男不禁好奇，朝絕地武士剛才觸及的位置投下視線，意圖窺探 Jedi 大軍的祕密。不料不看則矣，一看就知道是超強武器，是他輩宅男原力的來源。雜誌雖給膠袋密封，看不到內容，但封面的標題已經很夠吸引力。一如揚長而去的絕地武士，他把雜誌和即食麵一併結賬。

以光速離開。

回家，開封，細閱。

雜誌圖文並茂，很快給看完。

雖然雜誌名字沒聽過，但絕對可以躋入他有生以來，頭七本買過的雜誌之列，也一如以前買下來的奇書，都會給保存下來留念。

不同也毫無疑問可以肯定的是，現在手上這本雖然價錢最貴，卻最能改變他一生。

雜誌的專題是「學會關鍵詞配對，成為把妹達人」。

原來網絡約會換了新花樣。七個月前出版的電子書已經追不上時代。

他以前一直認為，網絡是他認識世界的窗口，便利店是他和世界接軌的唯一通道。錯了！完全相反。

遇見絕地武士和學會「關鍵詞配對」，確定了便利店才是改變他生命的地方。他要多去便利店朝聖，收集更多情報。

「願原力與你同在。」

在夢裡，絕地武士對他說。

二十——Alexa

上次出擊失敗後，Alexa 馬上登入「關鍵詞配對」的戶口裡，把深情的楊過列為拒絕往來戶。

可是為甚麼會找到這種男人？難道他和自己最匹配？不可能。

一定是自己在關鍵詞配對的設定裡做錯了甚麼。

她上網收集資料。

……關鍵詞配對，不經人手，連紅娘也免了……

……是最流行的速配方式，與其再花幾年時間去談戀愛慢慢認識一個陌生人，很多人都喜歡這種更便捷，或者坦白說，更懶惰的方法……

……有家室的人也開始沉迷在這玩意裡，他們很快找到興趣相投的伴侶，發展婚外情。由於這種結合，大大有別於以往肉體為先精神為次的方式，使關鍵詞配對的男女感情異常深厚，甚至比夫婦間的瞭解更緊密，關係更固若金湯。有些夫婦各自找到「真正」的愛人，結果以離異收場……

……將會改變未來的配對方式。以後的世代很有可能找到最愛，已結縭未獲技術認可的上幾代人，婚姻將受到衝擊。關鍵詞配對很有可能成為他們的「婚姻殺手」……

……開發關鍵詞配對的搜尋引擎專家認為，關鍵詞搜尋根本只是一種配對的技術，如何運用關鍵詞是技術盲點，玩家不宜過分認真。再精密的配對，說穿了，也只是冰冷的邏輯，永遠及不上人類心靈……

……搜尋引擎專家被揭發婚外情，他矢口否認。他老婆指關鍵詞配對正是元凶……

……各大命理專家發展出關鍵詞算命，聲稱大大提升預測的準確度……

……

一連看了幾十筆英文資料，沒有一筆是 Alexa 要找的。

自從上次見面失敗後，她把《科魔大戰前傳》玩得更兇，從每日一遍，提升到每日兩遍，甚至三遍的次數，以遊戲的成功感彌補感情上的失落。

每天上課，她都心不在焉，難道那個深情的楊過就是自己的最愛？她這一輩子的愛情事業就是把他改造成自己心目中的最愛？

這天講的課是《無國界銷售》。五十多歲已一頭華髮的講師說，最近流行的關鍵詞配對也是其中一種。人們比以前的網絡愛情玩得更瘋狂。很多人相信那個遠在地球另一方的人是自己最完美的對象，廉價航空公司因此做了好多好多生意，股價也節節上升。

坐在 Alexa 前排的女同學心不在焉。手提電腦打了開來，眼光卻聚焦在手上的雜誌上。她瞄到標題的其中幾個字，似乎正和她關心的關鍵詞配對扯上關係，而且附上複雜的圖表，是專家級數的指引。

Alexa 和那女同學不熟，但也硬著頭皮向她借閱。

「借妳的話雜誌怎樣賺錢？」她鄙視道，「沒人付錢的話這雜誌就完蛋了。」

Alexa 不好意思地笑出來，心裡罵她小器鬼。下課後馬上離開校園，去了三間便利店才買到。

這間便利店有座椅，她急不及待坐下來翻閱。

雜誌提供了網絡上沒有提供的資料。

關鍵詞配對沒有騙她，問題不是出在搜尋引擎，而是她身上，準確來說，是她經常使用的關鍵詞。

雜誌的常見問題集（Frequently Asked Questions）上有這麼一條解釋，當真是震聾發聵。

「搜查引擎會追蹤用戶在網絡上的各種動態和對話，根據前文後理，建設背後用來配對的關鍵詞。只有這些關鍵詞相符的人，才算匹配。」

Alexa 根據雜誌所說，急不及待即時下載了一個黑客程式，查到關鍵詞配對為她建立的關鍵詞是甚麼——

平價名牌、穿衣技巧、個人護理、愛情電影、考試技巧、男女關係、個人遊戲、遊戲攻略。

難怪會找到那個深情的楊過。他大概是個在追逐廉價名牌和個人遊戲、正學習穿衣技巧和個人護理、在愛情路上一片空白只好看電影彌補，為自己的工作不斷考專業試的傢伙。

只是萬萬沒想到，兩組內容相近的關鍵詞，竟會跑出兩種截然不同的人來。

「使用相同的關鍵詞，並不代表大家的意見一致。」雜誌如此說。科技畢竟有其極限。

是男女之別？或者個人問題？她參不透。

幾天來，腦海裡的疑雲尚未一掃而空，腦海底下另一團問號又正在沉澱、結晶、成形，浮上水面。

她畢竟是聰明的女子，很快就心神領會關鍵詞配對的遊戲規則。

如果用的是另一類型的關鍵詞，應該可以找到另一類男人。

雜誌也是如此說，只是說得較為隱晦。關鍵詞配對，只能分析你在網絡上的活動，你留下的字句，至於你心中的真正想法，就無能為力。

Alexa合上雜誌後，沒有回去上課，而是在便利店繼續找其他雜誌。

她的視線在雜誌架上游移，從上而下，從左至右。

色情雜誌放在最高，後排，好讓孩子不容易看到拿到，即使只亮出名稱，但對成年人來說仍然最矚目。

往下的是財經類，女性時尚，娛樂消閒，電腦遊戲，給壓到最底的是政治和其他難以歸類的雜誌。

她的目光繼續游移。

不要「遊戲攻略」、「網絡免費資源」、「自助旅行」這種雜誌，雖然課堂上很多同學都看這類刊物，但她不感興趣。他們不是她的目標。

她也不要「政治」、「科學」、「地理」、「輕小說」、「藝術欣賞」、「大眾文學」。太抽象了，和她有十萬光年的距離。

「名牌房車」、「紅酒」、「股票」、「衍生工具」、「房地產」、「高級音響」、「郵船旅遊」，都是她不明白的領域，但背後的含義，那種和成功男人相連的關鍵詞，她卻很感興趣。

精挑細選了十分鐘後，她捧了四本她連名字也沒有聽過的男人消閒雜誌回家，有些隨書附送西裝套收納袋、香水和鬚後水試用裝。幸好最近的功課不多，她可以好好徹夜消化這堆特異的課外讀物。

二十一——黑帝

黑帝去到七天使位於西營盤高街的住處前時未免覺得可笑。這種老舊的唐樓在不少以香港為背景的遊戲世界——包括黑帝和七天使的——裡都出現過，但現實世界的唐樓不會像第一身射擊遊戲般會有些怪獸或喪屍等從暗處撲出來，他的手上也沒有子彈永遠射不完的機關槍。

七天使的家位於七樓。

按鈴後，開門的居然是個不年輕的女人，已讓黑帝吃驚不小。難道七天使的真身竟是個中年女人？那個小伙子的成長故事全是騙人？不，不可能。

女人歡迎他大駕光臨，很高興他來探望他的兒子。

——七天使算是老幾，竟然不親自開門迎接我，要家人做守門把關的角色，他當自己是甚麼人？

接下來她細聲叮囑他做好心理準備。

甚麼心理準備？難道有鬼不成！黑帝自問在遊戲世界裡甚麼大場面都見識過，世界末日、帝國崩潰、驚天災難、百鬼夜行……。雖說只是電子遊戲，但擬真度之高，和真的根本沒有兩樣。就算給他見到七天使原來是個長了羽翼頭上有尖角的魔鬼，他也不會驚訝。

女人引路，推開房門。黑帝還沒走進房裡，已在門口看見躺在床上的人，和他身邊的十多台機器。有些是伺服器，另外有些是不知名的儀器，看來像是醫療器材，電視劇裡常見。

「我很少讓人探望，你是第一個。」

聲音從牆上的擴音機發出，雖然聽來平滑自然，但應該出自電腦合成器。黑帝是這方面的大行家，即使一般人聽不出來的微小差異，也逃不出他的尖耳。

「只是，沒想到……」黑帝不是驚訝得說不出話，而是不好意思。想不到對手竟然是此等模樣，看來他要調整策略。

「你要說甚麼就隨便說好了，反正，我已習慣了。不如談談我的《七宗罪》，你覺得怎樣？」

「氣氛很好，很有壓逼感，令人心生恐懼。」

「恐懼，說得好！我被囚禁在自己的肉體裡，在自己的肉體牢獄裡被無止境的監禁。你們只是感受我的恐懼而已。」

黑帝想起幾年前的電影《神經漫遊者》（*Neuromancer*）——改編自科幻小說大師威廉．吉布森（William Gibson）奠定 cyberpunk 流派的經典作品。主角是個駭客，大腦神經被動了手腳失去在網絡世界裡馳騁的自由後，也說了句類似的台詞。

七天使繼續道：「我並不是只表達恐懼這麼簡單，我的遊戲不是純粹提供刺激和娛樂，我有話要說。我要指控的，是七宗罪。色慾、暴食、貪婪、懶惰、暴怒、妒忌和傲慢都腐蝕我們的世界。色情無處不在，是性慾無害的宣洩。暴吃被鼓勵成為享受。貪婪早已被視為是『我消費故我在』的美德。懶惰被偷渡為悠閒和方便。不滿意的話就忿怒吧！你的怒氣也能被好好利用。妒忌成為自我激勵的梯階。穿上名牌商品後的驕傲成為自信。七宗罪成為消費。道德早已變得千瘡百孔，罪惡遍布我們的世界。即使五歲的小朋友已懂得霸凌，很小就在學園裡聯群結黨，找高年級的同學保護。對落單的同學就絕不留情，盡全力打壓，完全是網絡社群遊戲的玩法。」

黑帝不是沒聽過這種論調，但從不同意。

「在經典遊戲《Ultima》裡，原設計師理查．蓋瑞特（Richard Garriott）深愛托爾金（Tolkien）的《魔戒》（*The Lord of the Rings*）三部曲，所以設計了一個氣勢恢宏的類中世紀世界，加入西方的宗教色彩，建立了一套道德體系，角色的行動要擁抱謙卑、英勇、獻身、榮譽、正直、憐憫、公正和犧牲八種美德，也就是騎士精神。你設計的電玩，只是在天秤的另一端，沒有多大創意。」

「創意，有時不在於呈現甚麼，而是如何呈現。我們的遊戲世界裡不乏罪惡，大屠殺和輪暴都早已成為遊戲，所以，直到今天，遊戲給很多人的印象仍然只是小道，是不成熟的玩意，是沒有文化的東西。文化人只會談書，談音樂，談電影，卻不會談遊戲。可是，真正浸淫過像《Ultima》的玩家都知道，優秀的遊戲絕不止如此，不如此簡單膚淺，不如此空洞無物。我的《七宗罪》就是要建立一個犯罪會受到天譴的世界，有天理循環，是大部頭的史詩式製作，可以從此改變遊戲藝術的面貌，像華格納的《尼貝龍根指環》般一改以往歌劇裡那種膚淺和華麗，使歌劇改頭換面，不再輕鬆，直臻史詩的層次。我期許《七宗罪》也會在遊戲史上有類似的地位。」

黑帝明白遊戲產業的生態。大部分玩家都不講究電玩背後的主旨和深度，他們要的不是刺激，就是社群，可以聊天打屁。甚麼美德和罪行，只有遊戲評論家才有意見。不過，他相信七天使的《七宗罪》還是會受歡迎的，因為這遊戲不但注重故事，音效和影像都極其出色，就算去掉複雜的內涵，還是能滿足大部分玩家的享受。

七天使接下來說的話，他都沒有真正聽進耳裡。

大概是好久好久沒有人來探望他了，七天使一開口就無法閉嘴，話幾乎沒停過。從七宗罪、網絡遊戲、存在主義哲學一路說到他自己，黑帝幾乎沒有置喙之地。不過，黑帝認為，往好處看，他不必費甚麼功夫就套了好多七天使的背景資料出來。七天使雖然只能躺在床上，卻是可怕的對手。對他瞭解愈多愈好。

據七天使自己說，他是患上了一種類似理論物理學家霍金的怪病 ALS（Amyotrophic lateral sclerosis，肌萎縮性脊髓側索硬化症），以致無法動彈。比霍金好的是，目前這怪病雖然無法根治，卻可以改善病況。兩星期後，他就要接受一次大手術，成功的話，他可以移動一根指頭。

移動第一根指頭，是個開始。

「總有一天，你可以下床走動，到時我帶你去吃好東西。」黑帝臨別時道。

「你別尋我開心，只要可以離開這張床到樓下走走，我已經心滿意足。」略嫌有點生硬的聲音道。

「我遲點會再來看你。」

第四章
CHAPTER. IV

懶惰
SLOTH

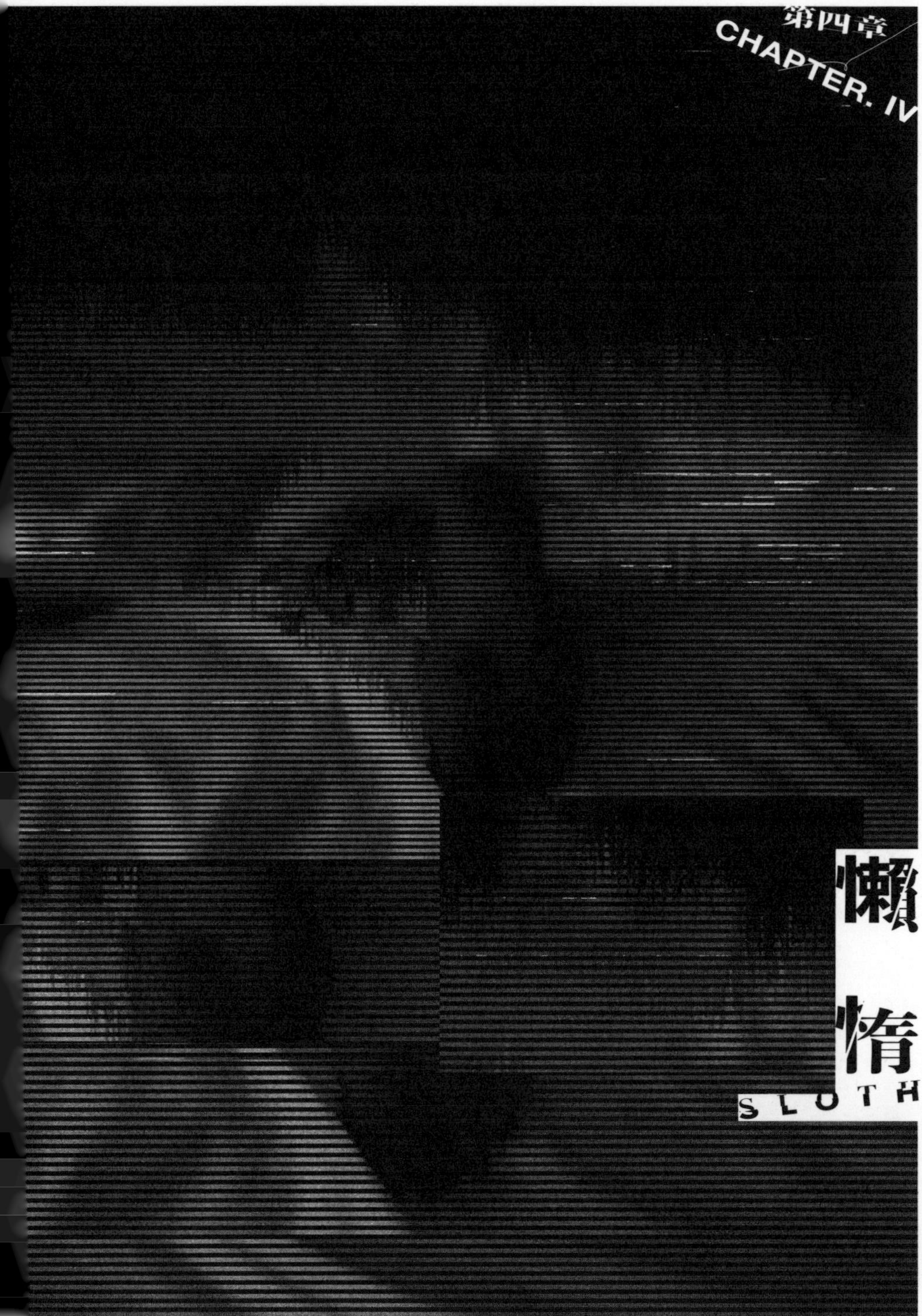

懶惰是吞噬所有美德的死海。

——富蘭克林

"IDLENESS IS THE DEAD SEA THAT SWALLOWS ALL VIRTUES."

BENJAMIN FRANKLIN

二十二——Sony

為了好好慶祝成為威尼斯會會員，他要去找個女人。

下了班後，他特地去荔枝角。十多年前這裡工廠大廈林立，斯文人絕不過來。

根據一些男性情報雜誌指出，近年很多大企業都把訓練中心搬到這區來。換句話說，很多剛投身社會的女性在給派到各個零售點做前線銷售工作前，都會來接受訓練。

果然這一帶出沒的人以女性居多，街上的廣告也多以女性為目標：瘦身、時尚、服飾、文化。有人戲稱這裡為「後宮」。

也一如昔日「佳麗三千」的深宮，女人多的地方，是非一定多，會出現排擠的情況，就像選美會般分黨分派，明刀暗箭，總有幾個長得標緻的會給逐出女兒國，形單隻影獨自行動。其實男人也好不了多少，但只要談女人、體育和打機就容易找到共同話題。

這些女性中，多數是做前線的售貨員，少數是 intern，來學習前線銷售是整個全方位訓練的一環。她們在店裡工作了幾個月後，就會回到總部，接受精心設計循序漸進的訓練，熟悉企業不同部門的運作，最後晉升管理階層。

由於背景和前景不同，intern 往往會自成一派，也不會在後巷和其他人一樣吞雲吐霧。在這種情況下，搭訕的成功率特別高。

雜誌的報道到此為止。

第一次讀這種都市情報時，Sony 認為絕對是天方夜譚。是甚麼人做的研究？真無聊。不過，說得頭頭是道，好像真有其事。

Sony 本來就喜歡搭訕，在城裡著名的餐廳和酒吧都成功過。地點雖不同，但來來去去都是那一堆人，是搭訕遊戲的中堅分子，身體自由主義的行動派。亮麗的新面孔剛亮相，就令一眾飢渴的男人爭得你死我活，有些血氣方剛的還會為此大打出手，實在不要得。

反正也沒甚麼損失，Sony 來此碰碰運氣，試試手風。

出了地鐵後，雜誌說得沒錯，來去的人都以年輕女性居多。街上的廣告也和女性相關。偶然有一、兩個互動廣告偵察到他這個男人經過，急急轉換成男性廣告，但隨他離去也只是一閃而過。

「別隨便找一家餐廳……」雜誌的專家指導說：「要找那些專攻雙人位的，有些餐廳做過相關的市場調查，把目標顧客群鎖定為這類喜歡獨來獨往的女性。她們為了排解心中的鬱悶，花起錢來會較大手大腳。」

Sony 進了一家名為 Middle Kingdom 的 café，以英式 Oolong 為賣點。會進這一家，只因他覺得剛走進店裡的女子長得很不錯。他不喜歡身形瘦削的女子，反而喜歡那些有點肉的。她給他鎖定為第一個目標。

這家餐廳八成的座位都是二人位，也就是雜誌指的「搭訕餐廳」：「餐廳負責人一早做過相關的市場調查，清楚附近人流的特徵和習性，甚至心理特質，全部都計算也內。」

只要有大數據，這就不是甚麼神機妙算。Café 的背景音樂也反映了相關特質：自由、浪漫、親和、舒服。他隱隱覺得，這音樂是他公司的產品——因保密理由，雖然他處理客戶資料，卻不知道客戶是誰。

雜誌裡的說明，他倒記得很清楚。

「來這裡要結識的落單女性，一定要挑 intern，千萬別搞錯。

「一心做銷售的女性，性格都比較外向，伶牙俐齒，否則不夠靈活不夠主動，無法在激烈的零售環境下生存。要搭訕成功，往往不是易事。

「反之做 intern 的，都是在大學畢業時取得佳績，過五關闖六將才取得 intern 資格。這類女子，據研究指出，很多都是『文化系女子』（此說法首見於日本《達文西》雜誌二〇〇七年間發表的研究。簡單來說，就是女『御宅族』）。她們的外向性格往往是為適應社會而後天養成。」

他很清楚自己的本錢，深諳流行的關鍵詞，熟悉西洋古典音樂，對電影沒甚麼深入研究卻可以用他自己的理論天花亂墜胡扯，任何文化系女子都容易受他擺布，就像早前上釣的幾個女子。

再一次證明「煙肉」培根（Francis Bacon）的話沒錯，知識在這個城市，有很龐大的力量。

他很快找到目標。

他坐在離目標距離適中的桌子，抽出手機，搜尋附近一帶參加搭訕系統的女會員，毫無困難找到她。奈美，日本風很重的名字。相片裡的她較瘦，沒關係，真人和相片不同是常見的事。

他發出預設的搭訕訊息：

「好客的 Sony 可以請您喝杯飲料嗎？」

奈美抽出手機看，抬頭把視線掃過來時，Sony 禮貌地微笑。她會答應的。他已準備好了。

不料他得到的竟然是標準回覆：「很忙沒空，謝謝您的邀請。」

也許她約了人見面。「沒關係。」他簡短回覆，繼續努力，很快找到下一個目標。

出乎意料之外的是，他注視她時，她也回望他。她雙眼如深淵般吸引他的注意力。

他急急掏出手機，利用搭訕系統發出短訊後，這個叫 Medina 的女人竟然動身離桌，朝他的方向老實不客氣走過來，坐在他對面。

不是沒有女人會如此主動。她們有時坐下來後會以冷漠無情的口吻問：「有甚麼好看？」

在搭訕系統流行的時代，這種舉動並非異乎尋常。她們可能剛被男人玩弄而且拋棄，結識地點就是這裡。那個男人甚至坐過 Sony 正襟危坐的位置。

Medina 坐在 Sony 對面，笑問：「不介意一起坐嗎？」

「求之不得。」這種太坦白的話不應該衝口而出，Sony 相信是 Freudian slip 的表現。

他太興奮了。從來沒有一個女人開口只講一句話就讓他有反應。他隱隱覺得 Medina 就是他出來玩這麼多年以來真正要找的對象，是和他旗鼓相當的女人。

二十三——奈美

奈美的食慾重獲自由後，盡情大快朵頤，一連五個晚上享用瘦身公司送出的自助餐。同事不知道她肚裡另有乾坤，只知道她開朗了，笑容多了，顧慮少了。吃飯時不但不必再左顧右盼，反而比以前更盡情。有人怕她這種不顧後果的吃法，是自暴自棄或自毀的開始，特地找她聊天，想打聽她腦裡的想法，看看能否發現蛛絲馬跡，不料奈美腦海裡除了食慾，還是食慾，沒有其他。

奈美的吃量不是沒有止境。吃自助餐時，無論是甚麼美食，只要一收到納米機械人的警訊就馬上手停口停。如瘦身顧問所說，食量大概是常人的兩倍左右，當不少人已吃完主菜，開始吃甜品，或者已經太飽再也吃不下去時，她竟然保持驚人的戰鬥力至自助餐時段的後半段。

享用了七次自助餐後，她發現同樣具備驚人食量的人愈來愈多。無論自助餐廳捧出多少食物，很快就會給飢民級數的食客掃清。

「我們的食量是不是有點太過分？」奈美鄰桌的男人問女伴。

「坐視這些美食而不食指大動，才叫過分。」

「這晚這餐廳耗掉的食物分量，大概可以救活非洲一個小村落裡的飢民。」

「你打算帶點到非洲去？」

「也許吧，我們不如包一架專機。」

一隻隻餓鬼，不論男女老幼，對侍應手裡的一盤盤菜虎視眈眈，眼裡閃現貪婪的目光。碟子尚未放下，侍應身邊已聚集了人群，沒有排隊，沒有秩序。碟剛落下，十來個叉子同時刺出，攫取食物。有些人為此吵起架來，你推我撞。在奈美以為他們會像古代的英雄俠客拔刀格鬥前，侍應已出來勸止。

奈美的食量雖然增大了，但不喜歡這種進食氣氛。瘦身顧問公司送出的自助餐券剩下四十多張。各大酒店的食物水準都不俗，可是當其他食客都和她一樣進化為內藏納米機械人的飢民，並努力炮製狼吞虎嚥的壯觀場面時，奈美再愛吃，也難免瞠目結舌。

她不想多和這些令人倒盡胃口的食客同場。

奈美的桌前堆了七個比她還要高的小碗塔。侍應不斷盛上新鮮的蕎麥麵，奈美一口一碗，面不改容。

「七十碗。」侍應叫道。

這家來自盛岡的日本麵食店，以一口一碗的蕎麥麵作招徠。一人價錢，無限量供應。你可以不停吃，直到合上蓋子表示「夠了」為止。吃夠一百碗，可獲紀念木牌，上有店長的名字，證明你征服了的數量。

這家麵食店不在瘦身公司送贈的免費自助餐之列，但她久聞其名，好久以前就想來了。門口的簡介說男人平均吃六十碗，女人則是四十碗。

「八十碗。」

圍觀的食客發出驚歎不已的歡呼聲。能夠這麼大快朵頤，真是痛快。奈美心想。雖然納米機械人的高昂費用要三年時間攤還，但絕對物有所值。能夠盡情吃，實在是人生一大樂事。

「九十七碗。」

不知道從甚麼時候開始，她身邊竟已聚集不少食客圍觀，也發現一個鏡頭對著自己，店長說不少途人站在店門口觀看電視直播。

九十八碗。九十九碗。

還有一碗就湊夠百碗之數時，奈美的項鍊發出微微震動。肚內的納米機械人發出警號：它們快不勝負荷，她不能再吃了。

穿上浴衣的美麗侍應盛好下一碗，奈美舉碗接過。只要吃下去，就可以拿紀念木牌回家。

只不過是蕎麥麵，不是甚麼山珍海味，不值得冒險。她放下筷子，準備抓起碗蓋時，眾人都嘆了一口氣，很是失望。

「才差一碗而已。」眾人道。

對，才差一碗而已，才吃多一碗而已，納米機械人應該可以承受這多出來的一碗。所有公司為保障自己，保存期限和真正可食用的期限都有一點距離。按同樣道理，這多出來的一碗，應該在安全進食量範圍內。

奈美沒有多想，夾起麵條，放進嘴裡，沒怎樣咀嚼就吞進肚裡，把碗放回桌上，合上蓋子。其他食客和店外的觀眾都向她鼓掌致意。

把頭髮剃光綁上頭巾的店長向她握手，頒發紀念木牌，並拍照留念。她成為這個月的「女大胃王」，照片已給貼在店門口，店外的電視也會廿四小時不停播放她的進食片段，直到這個月底，或者被其他人破紀錄為止。

奈美不知道的是，她的紀錄在一個星期後被一個貌不驚人的瘦削女子以一百零七碗打破。她更不知道的是，那個女子第二天就給送進了醫院。

遠離了那批活在都市的飢民餓鬼，奈美覺得自己的胃口好了不少。納米機械人發出警號的時間也愈來愈遲。就算發出警號，她也不太理會。才不過再多吃一碟，多吃一碗，多吃一盤，多吃一杯……納米機械人絕對可以應付得來。

以前那個如影隨形的胖妹魅影已經好久好久沒出現了。有時她懷疑，那個魅影並不是傳媒所說的「卡夫卡式」（Kafkaesque）幻想，而是最高科技的新式廣告，以近乎催眠的方式灌輸消費訊息。

她不懷念魅影。她開始追蹤各種「全城必食七十間自助美食」、「全港最強五十間日本料理」、「香港十佳隱世小店」、「二十間外國名廚來港必試食府」……希望逐一攻破。這種美事，是她以前想也不敢想的事。

進食實在是人生一大美事。

不過是再多吃一碟，多吃一碗，多吃一盤，多吃一杯……

二十四——Medina

幸好是穿制服的工作，同事沒察覺 Medina 是穿和昨日相同的衣著上班報到。昨晚，做得還真激烈，簡直是地動山搖，高潮不斷。那個叫 Sony 的男人真愛玩花樣，大概是看了《印度愛經》（*Kama Sutra*）。男人就是這副德性，外表正人君子，內裡色中餓鬼，把她的身體扭來扭去。

後續發展卻在她意料之外。一向以來，她這種速食愛情，都是名副其實的一次性消費。在酒店裡彼此吞噬抒發了情慾，一覺醒來，就要分道揚鑣。他們的生命不會再有交集，不會再有發展的空間。

下午快下班時，她收到他的下個邀約。

「可以請妳吃法國菜嗎？」

她把他的名字和圖像看了幾遍，確定是他。沒想到他會再和她聯絡，也裝作若無其事回覆：「可以，不過，不要法國菜好嗎？我比較喜歡日本菜。」

「有家叫『忍者屋』的日本創作料理，以金木水火土五行為主題，本店在東京赤阪，剛剛移殖過來。」

她同意後，他馬上打電話去訂位，可惜早已客滿。他說：「懷石料理妳也許嫌老派，我知道附近也有家主題創作料理店，也是超一流的，我們可以去試試看。」

她找不到理由拒絕。

最後兩人去了「清水寺料理」，經過哲學之道，進入清水舞台。此處沒有寺院本身的莊嚴肅穆，而保持了主題餐廳的活潑風格。人客可以盡情敲打「煩惱之鐘」，也可以去「音羽之泉」祈願。

Sony 說：「這主題餐廳就是把京都清水寺的菁華抄過來。來到這裡，幾乎不必去看原裝那個。妳去過沒有？」

「去過，但這裡擬真度極高的投影和人造風，幾乎都把整個感覺抄過來了，實在令人嘆為觀止！」

「現在所有主題餐廳都是在做『體驗式經濟』（The Experience Economy），重視消費者體驗，簡單來說，你體驗到甚麼，比你吃進甚麼來得重要。好比以前的上海店導師傅在你面前包餃子、意大利食店廚師當眾做 pizza、烤鴨店師傅在客人面前切鴨，那些製作過程都是做給你看的，是消費的一部分。」

令人放鬆的燈光，精美可口的菜式，洋溢幸福的氣氛，很快讓兩人超越肉體而在思想上接近，無所不談。

她想不到藉口不和他再去愛情酒店，昨晚的激烈動作重複了一遍又一遍，而且似乎更加激烈。別說她從來沒試過和同一個男人連續兩晚，她本來就不會和同一個男人約第二遍。這完全違反了她出來玩的原則，但年輕人似乎不介意。

她走進洗手間裡梳洗時，他敲門後說：「明天晚上要不要一起去看電影？」

「不是在家看嗎？」

「不，去戲院。」

「看甚麼？」她反問。

「隨便妳，妳愛看甚麼便看甚麼。」

換了是以前，這種既隨便沒有準備又欠缺誠意的答覆，她是不屑一顧。只是她這時臉上的妝容已掉了大半，鏡裡的她在異常凶猛的燈光下竟然疲倦不堪。儘管她砸下不少錢和工夫去保養，歲月不饒人的痕跡清晰可見。到底已經快五十歲人，化妝品在她臉上早已發揮到極限，製造出一張令人驚歎的面具。

這種面具，連她這種美魔女也無法戴上多少年。

她在鏡裡從正在上畫的芸芸電影中，挑了一部問他。他不反對。

像貝托魯奇（Bernardo Bertolucci）的電影《戲夢巴黎》（*The Dreamers*）裡的主角，他們聯袂去看電影，在一間間戲院流浪、浮沉、共同經歷、體驗和戲夢不同的人生。最高紀錄是在一天內連看三部電影。

他們都喜歡談電影，不過電影只是前奏。看完電影後，他們往往會去愛情酒店溫存，彷彿是為電影未完成的情節畫下句點：男女主角從此天各一方，生離死別，電影的悲劇由他們在現實裡改寫，愛得天崩地裂，難捨難離。他們彼此的理解也早已超越了一般飲食男女的境地。他知道的她不只是銷售劇本導師，她知道的他也不只是背景音樂及銷售研究專家。

「我們都是從事好奇怪的職業。恕我孤陋寡聞，我沒想過音樂能大力刺激銷售。」

「其實原理和劇本銷售一樣，都不是新事物。不過，我沒想到，我倆從事的都和銷售有關。」

「證明這是一個講究銷售的社會。」

「不如我再向妳推銷另一樣東西。」他們離開了餐廳，走到大街上。

「甚麼？」

「以後不要再去時鐘酒店和戲院，直接上我家，我添置了最新的家庭影音系統。」

二十五——Alexa

「妳可知道妳的名字和亞馬遜旗下兩項業務同名嗎？一個是虛擬助理（virtual assistant），另一個是旗下的子公司，提供網站流量及搜尋分析服務，頗有權威。」

「趁還有一年才畢業，妳想將來要找甚麼工作，我認識好多在大企業工作的朋友，可以替妳介紹。對了，畢業後，妳要再考些專業試充實自己，履歷也會比較好看。」

「妳一定要試這裡的天婦羅，也不能錯過壽司。這裡的便當和我在日本築地吃的同樣美味可口。」

三個男人，三種風格，相同的是，都很有男人自信和品味。知道她喜歡吃日本料理，他們都投其所好。三家店都有大量食家推介背書，一張張剪報貼在門口。

晚餐上的話題，不外乎有關她的生活習慣、興趣、喜好，或投她所好，或者說些無無聊聊在網絡上流傳已久的笑話，她只能陪笑。

結賬時，沒人示意她要掏腰包，其中兩個更說能和她共餐，是榮幸。

她連聲謝謝。

晚餐後的節目，有兩人在約會前已買了電影的門票，一個看早已拍了五集之多的《沉默的羔羊》（*The Silence of the Lambs*）系列，另一個是《七宗罪》（*Se7en*）前傳。

她本來只想看愛情電影，但早已滿座。兩個男生都說最近的驚悚片不錯。看完戲後，他們的評語都抄襲自網絡上流傳的影評。

看完戲喝完酒後，才是約會最精彩的部分。有一個提議上他家繼續看電影；另一個邀請她回家聊天；最後一個暗示附近有些小旅館，旅館不一定只是睡覺，也有很多玩意，像VR遊戲和桌遊。

沒有一個打算送她回家。

她表示想回家溫習功課時，他們異口同聲表示時間還很早，而且送了些醒世名言給她：

「成功人士絕不在同一天起床和上床。」

「成功人士不會在十二點前睡覺。」

「睡太多有損健康。」

最後一句在一些女性雜誌上見過，她不置可否，但他似乎不是真心關心她的健康，更著眼的是他的生理需要和慾望。

當她表示要回家時，三個成功男都很不高興，但仍願意送她一程，而且旁敲側擊打聽她是不是一個人住。

她知道他們打甚麼算盤，關鍵詞配對根本就是一夜情的變奏。可是她仍然相信一種據說已消失的東西：愛情——即使是利用關鍵詞找出來。

三人都送她到地鐵站，揮手告別前約她下次見面的地點和時間，她表示接下來幾個星期都很忙時，其中一人居然要她離開前攤分剛才晚餐和電影的費用。

關鍵詞配對不錯為她找到符合條件的優質男。問題出在這些人只是鍾情和她上床，是世界太俗了？或者是她適應不了現今社會男女交往的遊戲規則？

如果畫出一張男人類型分布的光譜，深情的楊過處於不明白男女相處之道的一端，你要花時間教導他們，告訴他們女人的需要；三個優質男則是在太明白和利用女人的另一端，和他們相處得久了，就會被洗腦，被訓練成他們需要的女人。

以她的年紀和經歷，她大概需要位於光譜中游位置的男人，懂得尊重女人的男人，在學習女人是甚麼的男人，會教導女人體會人生和生命價值的男人。

有沒有這種男人存在？可以用甚麼關鍵詞找到這種男人？

好在皇天不負有心人，幾經發掘，終於給她找到一個近乎絕種的好男人。

「荷里活電影後期製作影像處理高手，換句話說，我在電影上畫前已接到完整劇本，不過，我不會隨便透露劇情。」

他如此自我介紹。

她知道荷里活電影為了節省成本，很多後期工序都外判（像這個曾一度號稱「東方荷里活」但如今競爭力都比不上鄰近地區的城市）。

他看來從事一個有品味有個性也能賺錢的職業。五十個字內把話說得清清楚楚，不拖泥帶水。有幽默感。單看這段介紹，她已喜歡這個叫「電影男」的男人。

「那你豈不是賺好多錢？」

「賺得多，花的也多。影像處理，很花資源，電腦要用最好的，要不斷升級。」

「你現在處理的是哪部電影？」

「不能說。」

「告訴我吧！」

「商業祕密，說了會被閹割，電腦也會中病毒。」

「告訴我，我不會告訴別人。」

他過了好久也沒有回應，大概是在思考。

難道她已嚇跑了這個電影界精英？沒多久，他回覆：「我也不會告訴別人。」

算了吧，她不想他難下台，但又死心不息，只好旁敲側擊。

「在做甚麼類型的特效？」

只要知道是甚麼大場面，上電影網站就可以猜出是哪部電影。

他會不會答呢？或者，已察覺她居心不良。

「背景置入。男主角留在荷里活的片廠裡，但電影以香港為背景，我負責把他加進來。」

她仍在猜是哪一部電影時，他又發出新的訊息。

「我不是導演，只是個卑微的特效師。別再訪問我，尷尬死了。」

她也許已問太多了，不太禮貌，超出一個淑女的範疇。幸好，肯定的是，電影男喜歡電影，說話風趣，賺的錢應該不少，是頗合她目標的理想人選。關鍵搜查真有點用處。

「我們，可以見個面嗎？」她第一次採取主動。

「最近很忙，要趕工，已經好幾天沒睡。」

騙人！

「現在怎麼又有空和我聊？」

「禮貌。」

又是騙人！

「你總要吃飯，一起吃吧！」

「我在家叫外賣。」

「我可以買來送給你。」

為了一睹其廬山真面目，不得不使出殺手鐧。他大概很難拒絕吧！

「其實，我在瘦身。」

聽了這句話，她才真正感到恐懼。她可以接受一個庸俗的男人，卻無法接受一個胖子，正如無法接受自己變胖。

如果他真是個胖子，她寧可放棄。不過，也要看他胖成甚麼樣子。也許，他的胖，只是他的主觀想法。也許，他快將瘦身成功。也許，他根本不胖。

「沒關係，我們只是聊聊天，你別想太多。」

她決定一窺究竟。

「改天吧！有空的話，我再聯絡妳。」

他離線了。

是他嫌自己麻煩，或者自己逼得太緊？兩者有分別，但她不確定他是哪種想法。然而，不管他怎躲，她也要把他找出來。

搜尋器很快在網絡上找到幾千筆資料，大部分都在電影討論區，從他第一個留言到最近一個，全部一目瞭然。不愧是專業電影工作者，老電影新電影看過的都超多，對電影有超乎常人的透徹瞭解，簡直像部活的電影百科全書。

找出他在網絡上的留言，只能證明他是個人，卻無助於找出他的真正身分。那部分她一無所知。

二十六——老林

小林書店已結業超過一個月。

沒有陽光的下午，街燈卻刺眼得超真實。老林巴不得燈光含有過量的紫外線劇毒，把城市裡的人都殺死，反正，不過是一堆行屍走肉而已。

老林的父親已走了兩個星期，後事也處理了一大半。

這天他決定放鬆心情離家出門走走。

老林本來以為書店結業後，可以留多點時間給父親，但父親遽然離世，令他毫無心理準備。

不過，父親在夢中自然死去，不是帶病連年，也算是一種福氣。父親勞碌半生，最後下台時姿勢並不難看，老林在哀傷中找到一點安慰。

每天無所事事，看書看到累了，老林寧願到街上走走，也不願像他父親生前般在家等待。老人是上一代的文人，曾經空有一番理想。寫過幾本小說。有人給他出版過全集，大學裡一代又一代學者以研究他的作品而取得教席，但被研究的老父就像醫學院裡被研究的白老鼠，無論貢獻多少，最後只是廢棄品。床底下有幾百本他後期自費出版而賣不出的舊書。書紙已發黃發臭了也不願丟掉。要不是有他這個兒子供養，恐怕只能用舊書加上以物換物的方式在這個以電子貨幣運作的社會存活。老父某個文學地位相若的朋友，有一年冬天時暖爐壞掉，找師傅修理好了，只能贈以舊作為費用。幸好師傅脾氣好，把這本他永遠也不會看的書收下，更說以後有甚麼電器壞了，他也會上門幫忙，分文不取。

縱使他只是一個電器師傅，老林也不免想起「仗義每在屠狗輩，負心多是讀書人」這句老話。

幾年前，老父精神尚佳時便說過：我的時代一定會來臨。那種豪情壯語像極了古典音樂作曲家馬勒（Gustav Mahler）。在外國，以老父的作品質量和江湖地位，大概已夠資格成為桂冠作家，就算沒有以他為名設立的文學獎，他也足以在大大小小的文學獎做評審。可是在這個金錢掛帥的城市裡，老父的名氣連個三四線的小歌手也不如。老林不相信老父的時代會來臨。老人家只是在等待果陀。

老林不想學老父般等待永不來臨的果陀。老人家只是鎮日坐在電視前發呆，做夢，想像自己的名字載入史冊，永垂不朽，活在虛幻的未來文學史裡，做他文學大師的春秋大夢。

老林已經看得太多書，現在寧可多在街上走走，像保羅．奧斯特（Paul Auster）的《紐約三部曲》（*The New York Trilogy*）裡的偵探般，讓雙腳做嚮導，帶他在居住了近半個世紀卻日漸陌生的城市裡遊蕩，去看他不熟悉的地方和角落。

只是無論怎走，走了多久，走了多遠，他最後仍會回到以前小林書店所在的街上。書店原址已經租出，果然是色情架步。大廈門口林立的廣告叢林裡多了張新簇簇的黃色膠牌，上面只寫了「新到」兩個字。

身為老街坊，老林熟悉這一帶的黑幫歷史和作業。他記得，曾經有一段時間，黑幫不敢如此明目張膽掛上色情架步的膠牌，頂多是貼張紙牌在大廈門口，即使警方打爛招牌也不會損失慘重。形勢更嚴峻時，也就是多年前妓女連環遭謀殺，或婦女團體施壓，或黑幫之間火拼得緊要，警方都會雷霆掃蕩，所有色情架步都要「熄燈」，連紙牌也不能留下來。

後來，這區的黑幫勢力出現了重大變化。某大黑幫驅趕了其他黑勢力離開這個賺大錢的伊甸園並大肆整肅，重劃地下社會的權力分布，使江湖上的風風雨雨平靜了下來，也讓他深深理解古人對大一統的熱切盼望。

沒有獲得正式授權管理工序的黑幫使大街上的商戶和警察可以過安寧的好日子。警方感激黑幫的義助，對色情架步也隻眼開隻眼閉。就算要掃蕩，也會在行動前透過中間人放風給架步，妓女和馬伕得以一走了之。就算抓到人，也只是意思意思，給公眾和警隊高層交代。

這是墮落的高譚市，所以《黑夜之神》（*The Dark Knight*）裡的華人黑幫會計師會逃來，所以《銀翼殺手》（*Blade Runner*）和《攻殼機動隊》（*Ghost in the Shell*）裡那些妖異的未來世界要來借鏡。

他就是活在這個沒有明天的城市裡。

警察和黑幫同流合污，一如政府和地產發展公司官商勾結，種種倒退成為日常風景，把城市變得烏煙瘴氣。就是這些既得利益者聯群結黨，迫走小林書店。

這是我的書店，是這一帶碩果僅存的文化座標，怎能開色情架步？老林走進便利店，買了支啤酒，一骨碌倒進肚裡，登上色情架步，把玻璃瓶砸向單位門口的招牌，擊成碎片。樓上樓下的商戶習慣了江湖上的腥風血雨，沒有人敢探出頭來，生怕惹上不必要的麻煩，見到殺手的樣貌會被滅口。關門聲此起彼落。老林頭也不回衝落大街，在人來人往的行人路上撞到好多人。他一身酒氣令人不敢向他理論。老林繞了幾個圈子，確定無人跟蹤才敢回家。

他酒醒時，發現自己被堆疊成牆的書包圍。家裡藏書多到他躺進棺材那天也看不完，可是積蓄一年內就會花光。他有自己住的地方，不會無家可歸，可是能再找到甚麼工作？超市收銀工作已經全部自動化，便利店很快也一樣。除了賣書他沒有其他工作經驗。自問瘦弱的他應付不了體力勞動的工作。也許他要和拾荒老人去搶紙皮，他見過老人為搶紙皮而大打出手的場面，可是那種微薄收入恐怕養不活自己。

他愈想愈氣憤，怒不可遏，繼續罵政府罵這個城市，是他們把他趕上窮途絕路。

不，他仍未走上絕路。

他把夾在《中國大歷史》裡的老江的名片抽出來。

二十七——電影男

簡直就像做夢一樣，關鍵詞真的給他找了一個女孩子出來。Lexa 這名字真漂亮。他從來沒認識過女性用這名字。他要去 urban dictionary 裡才找到 Lexa 這英文名的好幾種解釋，但沒有一個看來可信。

他試圖用所知不多的資料查出 Lexa 的背景，包括她和他的對話，她這戶口在討論區裡的所有留言。有專門的分析工具可以針對一個戶口在網路上用過的名詞和動詞進行分析，檢視他或她的人格。據說設計原理來自犯罪心理學家使用的犯罪側寫（criminal profiling），可以憑蛛絲馬跡估計罪犯的特徵（如種族、性格、兄弟排名等），可是 Lexa 的戶口是新開的，資料太少了，連AI也無可奈可。

如果他們用數位面具聊天的話，他可以用駭客程式來破解面具，一窺她的真身。問題不在她不用，而是他不敢用。一旦使用數位面具，就是即時對話，沒有歇止的空間。談電影談遊戲還可以，聊到生活上的種種，他就不行了。他缺乏充分的社會經驗去聊天。往往她問一句，他可能就要即時上網查答案，查她到底問甚麼，查別人會如何作答。如果她覺得他談吐風趣，只因他抄襲的主要對象，是個以幽默見稱的專欄作家。

那作家又說，要是對方有意思，她會讓話題自動延續，像點燃一支很長的蠟燭不會熄滅，像一個接龍遊戲不會終止。你不必搜盡枯腸找談話的材料。談論之火會發現自然燃燒的動力。在談話的才能上，女人比男人有本領。根據演化生物學，女人的談話本領可上溯自原始社會時和嬰孩的溝通，但論說故事的本領，則男人較為高明。男人聯群結黨打獵回家後，必然向女人吹噓自吹自擂一番，把被一隻初生之犢的幼象追趕的意外驚險，說成和數十頭大象激烈搏鬥的勝利戰役，換取女族人佩服的目光。

可是，電影男不知何故，天生就沒有這種吹噓的本領。

所以，就算他朝思夢想和她見面，卻沒有信心。他的衣著品味、談吐技巧和社會見識，全部都不及格。去到高級餐廳，他無法點食物。如果她問到影片剪接和影像特效處理等技術問題，他也答不了。他的本領只是最基本的「惡搞」水平，距離專業級數太遠了。

其實不用說太遠，他已經好久好久沒踏出他所住大廈三條街以外的世界。在家工作的他沒這必要，他也怕走太遠會迷路。他愛電影，卻從來沒有去過戲院。

都怪自己吹噓得太厲害，他也許要好好惡補好幾個月才能和她見面。如果有AI可以提供輔助就好了，那肯定是他們這些宅男的福音，可是如果感情連AI也能勝任，女人還需要他們嗎？

趁AI打爛他的飯碗前，他要盡快行動才對，不然女人就會對他這種男人棄之不理。

可以把自己的故事貼在討論區上向人求救嗎？但他連發問的自信也沒有。在網絡匿名制的保護下，他一向把電影男形塑成一個專業電影技師，是人人稱羨的成功人士。手槍男則是一個尋常的槍手，朋友也是興趣相投，大概也是應付女性無方的男人。至於下載男的身分，則最空白；認知的範圍，除了下載，還是下載，一如電影男和手槍男，人生哲學都是以量取勝。當然可以匿名發問，可是在那種討論區，旁觀的同樣是失敗者，他們不是提出廢建議，就是互相恥笑，是失敗者同盟。

算了吧！網絡不是只有這麼一個女子，說不定她的真身是一隻恐龍，否則怎會急於見他？他告訴自己，好好汲取教訓，下次別吹牛皮吹得那麼大。忘了她，去找別的女性吧！反正透過關鍵字配對，最近和他在網絡上聊天的女子愈來愈多。他幾乎搞不清誰是誰。

二十八——黑帝

黑帝踏過家裡的火門時，一眾巫師向他跪下，飛龍也從天而降，歡迎他安然歸來。

黑帝可沒有甚麼好心情，輕輕揚手，一眾巫師和飛龍全部消失。

每見七天使一次，黑帝就想殺他多一分。

大概躺在床上無所事事便神遊太虛在網絡世界打滾和猛看電影，七天使對遊戲世界的架構和認識實在豐富得令人咋舌。《七宗罪》裡好多典故和構思的出處，連自認看了好多電影和現代藝術的黑帝一點頭緒也沒有。

他要盡快想出解決七天使的辦法，要他從自己的世界徹底消失。

黑帝本來下了班後不喜歡到處走，只喜歡留在家，最近就更加不必說。要除掉七天使這事他也無法和其他人討論。

黑帝的生活圈只限於公司，團隊裡個個都是心高氣傲的設計師，以為創造了遊戲世界就可以和創世的上帝比肩。可是大部分人的眼界只限於遊戲世界，對時事莫不關心，對產業以外的其他事物更一竅不通。

黑帝自己卻不一樣。

他在大學時唸遊戲設計時，很多同學已經想好日後往哪一種遊戲類別強攻。女的傾向養成遊戲和運動類別，男的往格鬥型遊戲發展。野心最大的，不限男女，則是往角色扮演或戰略遊戲進軍。日後賺的錢，有時和類別沒有關係。當年的《俄羅斯方塊》看似簡單，但衍生出好幾十種版本，為前蘇聯的程式設計師賺了好多好多錢；大部頭的遊戲，投資巨大，但無法回本的多不勝數。

他之所以最想做複雜的網絡遊戲，追求的不只是創世的滿足感，也認為最頂尖的遊戲集各種設計藝術於一身。為汲取靈感，尤其是故事創作，看電影是最好的法門。大學裡的教授說過，唸文學也許是更好的方法，但圖像世代的他抗拒文字，視之如法老王的詛咒，只好敬謝不敏。電影雖然不及文學歷史悠久，但也有過百年歷史，是好一大塊文化寶藏。

要不是電影業走下坡，也許他會成為導演而不是遊戲設計師。他看過的電影過千。每星期總要看三部電影，不論新舊，不論怎樣忙，此乃汲取養分的最佳法門。

他曾在電影討論區裡見到很有深度的文章講「Hyperlink cinema（超連結電影）」：故事給切開成好幾個故事線，甚至在時空上前後倒轉不走直線鋪排，加上令人頭昏腦脹的眾多人物。他們在自己的故事線裡走動，互不認識，看似沒有交接，互不相關，但其實往往互為影響，人在其中卻不自知。看這類電影，就像上帝站在天空俯視芸芸眾生。

他喜歡和電影討論區裡的人打交道，匿名當然。有些活躍分子自命萬事通，筆下萬言彷彿上知天文下通地理。自從維基百科面世以後，這種「偽百科全書知識分子」如過江之鯽，像電腦病毒般自我變種和繁衍，網絡上一下子多很多自比文藝復興時代的巨人，能針對各門學問發表深刻洞見。有個叫「電影男」的傢伙是箇中的佼佼者，一看其文，便知其根本不懂電影為何物。最叫他不順眼之處，就是這人把 hyperlink cinema 錯誤解為幾段毫不相關的片段連為一體的電影，而且最後一眾人物要相遇。其他人反駁時，電影男就搬出一大堆術語來招架，堆砌成文，空洞無物，簡直是電影愛好者的敗類。不過是電影看得多了，便想成為電影評論家，殊不知根本連基本功也沒學好。黑帝把電影男列為可以狙殺的對象，就像電玩裡的怪獸。惡作劇時，就拿電影男的文章來開刀，找錯處，玩得不亦樂乎。最新的玩法，就是相約電影男挑戰問答遊戲，看著他拼了老命連玩幾次也比不過自己，難免洋洋得意。

然而，在接下來的空白日子裡，黑帝決定好了，不要再理會電影男，這人只是尋開心的對象，對自己無關痛癢。七天使卻不同，他太有威脅，給黑帝自己很大壓逼感。《七宗罪》

一旦成功推出市面，《科魔大戰》系列這種相對簡單的遊戲馬上會給比下去。而且，有誰想到七天使這個遊戲設計師居然是個無法動彈的人，他居然憑驚人意志創造了一個龐大的世界，好比物理學家霍金，本人就是一個活生生的傳奇。傳媒最喜歡這種激勵人心的故事，可以毫無困難把他包裝成最偉大的遊戲設計師，把他的傳奇炒作，屆時黑帝的風頭必定蕩然無存，《科魔大戰》只會成為明日黃花。

在《科魔大戰》裡，如果敵軍正在興建兵工廠，你就要在工廠落成前把它炸掉，以防無窮後患。如果對方的巫師正在施咒，你就要在冗長的咒語結束前把他殺掉。

如果不想日後被七天使搶盡風頭——

面對一個全身不能動彈的傢伙，拔出維持生命的管道是最容易的方式，但肯定脫不了罪無法全身而退。

電影《沉默的羔羊》裡有這麼一段，茱迪．科士打（Jodie Foster）飾演的女警官探訪食人醫生時，有囚犯向她射出精液。醫生說此罪不可饒，幾天後，那囚犯自殺身亡。

與其出手謀殺，或偽裝自殺容易被人看穿，不如令其心甘情願自殺，更一了百了，風過無痕。

他曾經想到個好方法，安排一群脫衣舞孃到他家，喚起他的原始慾望。連偉大的理論物理學家霍金也有性衝動，七天使這個凡夫俗子不可能沒有。全身無法動彈的他根本沒有排洪的出口。他只能看，卻不能動，是極巨大的折磨。遊戲產業就像以前的電影工業，很多人做導演和遊戲設計師只是為了把女人，七天使也許也不例外。說不定他的堅忍會在面對女人時愛莫能助而全面崩潰。

不，這根本行不通。七天使的腦子裡沒有女人，或者準確來說，他的世界裡，女人是奇怪的生物。黑帝查過，這傢伙出生後不久，便遭生母拋棄。生父後來再娶，現時的母親實乃後母。這種情況使他看待女人的角度與別不同，只要看他的遊戲世界裡的設定就一清二楚：把她們變成怪物，長相醜陋的怪物，貪得無厭的怪物，利用男人的怪物，總之就是將女人徹底異化。女權組織也許會抗議。不過，七天使也不會介意。專案管理人不但不管，反而會大大歡迎，把抗議視為免費宣傳。大部分玩家對女性被異化不是視若無睹，就是視為理所當然，如上世紀驚世駭俗的電影《本能》（*Basic Instinct*）。

要怎樣才能把七天使幹得漂亮，黑帝得想個好方法。想了好幾天也想不到，直到在水蒸氣冒起的浴室裡，從鏡中看見自己全身赤裸的模樣時，他才想出好辦法。

第五章
CHAPTER. V

憤怒
WRATH

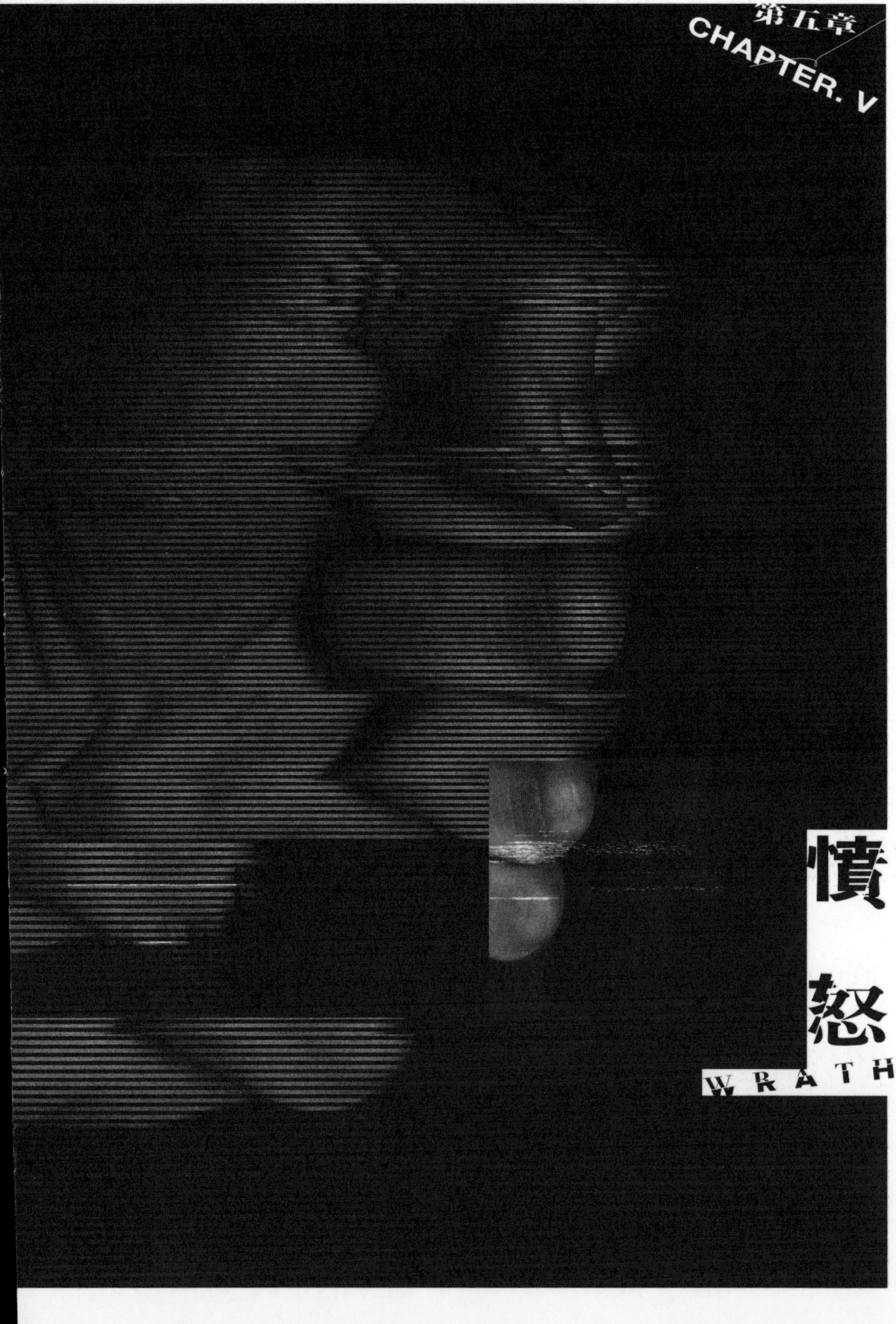

最鋒利的劍就是怒言。

——釋迦牟尼

"THE SHARPEST SWORD IS A WORD SPOKEN IN WRATH."

——— **GAUTAMA BUDDHA, THE GOSPEL OF BUDDHA**

二十九——Sony

「德國哲學家黑格爾（Georg Wilhelm Friedrich Hegel）說過，歷史的教訓，就是人類從來沒有汲取教訓。我們的科技可以送人上火星，開拓殖民地，接下來，就是各種資源爭奪戰，把人類打得你死我活的戰爭戲碼搬上那個荒涼的紅色星球，使其成為名副其實的戰神之星。人類可以有好奇心去開拓太空，但是，與其把天文數字的金錢砸到外太空，倒不如留在地球上，好好保護環境，改善貧窮國家的生活……」

威尼斯會教主演說完畢，例必吸引滿堂掌聲。一分鐘後，Sony 終於買到威尼斯會的手機。自從連續兩次空手而回後，他體認到只有先買了威尼斯會的手機，才有機會買到其他產品。

Sony 把手機拿給 Medina 看。

「除了超炫的外表，還有甚麼超卓功能？」

「我沒仔細研究，這手機沒有說明書，所有功能都要自己去找去試去發掘。」

「或者根本沒有特別功能，叫你們去找，只是讓你們自我陶醉。」

「超碼在威尼斯會落單會比較快。」

「你喜歡就好了。我也喜歡它的亮麗外表，實在叫人愛不釋手，比我的漂亮得多了。」

「妳的手機甚麼樣子？我沒認真看過。」

她的手機是她身上眾多配件裡和她最不搭配的一件，粉紅色的外殼，和一般信用卡大小的手機相若，但厚重得多，很有分量。

Sony 雖然不是研究手機的專家，也追不到最新款式，但從事科技產業的人對這種設計很敏感。

「多年前的舊款，不捨得換嗎？」

「對。」

「妳一定是把錢全都花在養顏護膚上。不如我送妳新手機。」

「不必了。」

「換個好樣的，人也更有自信。」

「討厭！」

「妳說甚麼？」

「我說你這種男人，老是貪新忘舊，實在令人討厭。」

「對，我們一起三個多月了，也該分道揚鑣了，今晚我們就狠狠做最後一次。」他沒說完就把她按倒在沙發上，把手探進她新買的洋裝裡。「貪新忘舊？把身上的新衣全部脫光！」

「等等……不要……我還沒有準備好。」她急說。他可不客氣，坐在她臉前，掏出那腫脹和興奮之物，塞進她口裡，居高臨下，欣賞她的品嚐，一遍又一遍。

在希臘神話裡，太虛之初，只有天與地。天壓著地。除了無止境的性愛外，仍是無窮無盡的性愛。性愛誕生了後來的一切神話。如果他是眾神之神、統領一切、睥睨古今的宙斯，她一定是最淫蕩的愛神。

第一次性愛時，他已發現她喜歡被幹，各種姿勢都喜歡，而且發出響徹半天的叫聲，像從性愛裡得到莫大的滿足，令他興奮不已。外表的端莊，看不出骨子裡是個天生的蕩婦，要夜夜高潮才能鳴金收兵。他在網絡上見過篇文章說，他們這一代人，不單性知識是從網絡學來，就是性交姿勢，也學自網絡上流通無阻的色情電影。他可以憑和對手性愛的過程，就知道對方涉獵色情電影的深淺。

可以說，他的對手幾乎無一例外，從前戲到高潮，全部都學自色情電影。這種無法在戲院光明正大播放的影片已成為全球最大的性教育導師。男人跟隨色情電影演員學習性技巧，女人師法脫衣舞孃學習挑動男人情慾的方法，結果，男男女女都成為現實世界的色情電影演員。

兩人盤膝相對而坐，《印度愛經》的做法。他沒有抽插，任由她下體吮吸他。他彎下頭，吻遍她的乳房，吮吸她的乳頭。

「如果是小乳房，你也吃奶的嗎？」

「也吃。不過，妳的不一樣。」

「有甚麼不一樣？」

「很大，好像裡面有好多奶水。」

「根本沒有啊！」

「我真希望妳有。」

「變態。」

「我就是喜歡吃奶。」

「你小時沒吃過？」

「沒有。」

「不餵人奶？」

「沒餵……。妳餵過人奶沒有？」

「當然沒有。」

「妳的奶子真大，像生過孩子的女人。」

「開玩笑，生過孩子能出來玩嗎？」

「兩者沒有關係，我上過愛玩的人母，感覺不一樣。」
「是怎樣？」
他沒回答，從後面挺進，推了幾下，直到深處。

「換我在上面，你不要動，我會用下面抓著你。好，放鬆，讓我來動。」
「進到最深處了……真舒服。」
「要來的時候叫我，我馬上停下來，這樣可以久一點。」
「就像這樣？」
「對……舒不舒服？」
「……很舒服。」
「要來了沒有？」
「還沒有。」
「那我就動快點。」

「我可能快要來了。」
「我也是。一起來好嗎？」

「好。」

「對，我們一起動。抓著我的奶，對，用力動，就像……就像你要衝過來，衝進我裡面。」

「妳有沒有聽過句話說：男人真奇怪，從女人那裡出來，又急於從那裡進去。」

「不但聽過，現在深切感受。」

「你射了很多。」

「對，射了很多注。妳真厲害。」

「是我的絕技，不輕易招呼人。」

「妳怎會這麼熟悉男人的身體？」

「怎麼不會？別忘了，所有男人都是由女人生出來的。」

「妳有來嗎？」

「有，我們一起來。」

「一起來真不容易。」

「對，但願以後經常都可以一樣來。」

「那我們永遠都要在一起。」

三十——Medina

她喜歡被幹的感覺。

自十五歲初嚐禁果以來，她就不由自主喜歡性愛。年輕時不錯是付出了很大的代價，但從此學會保護自己。她深明自己有令男人迷戀的外表，其實，這外表連她也不能自拔。她花大把錢去維護外表的美麗，減慢時間在身體流逝的速度，讓時光不留下半點印記。一切都很花力氣和金錢，也很值得。

每一場性愛，她都視為一場肉體上的享受。她喜歡手指撫摸背部，從頸後一直游移到股間。她喜歡手掌輕按豐富的乳房。東方女人要有驕人的胸部線條並不容易，去到中年使其堅挺不墜更為困難。她喜歡蜂腰被環抱，但外人難以想像要多少運動才能讓腰圍不增加。她也喜歡屁股被輕拍，甚至被輕彈，或者從後被猛烈碰撞，為了使屁股有彈性而不致過大，她刻意找了一份不需整天死釘在辦公椅上的工作。

她也喜歡男人用舌頭在她身上來回巡戈，或吮吸她的乳頭，或探進她雙腿之間的洞穴裡。細心的男人會發現她長期塗在身上的香料已和她結合為一。她最喜歡的，始終是男人用堅硬的尖銳撞她，挖她，衝擊她，像要把她刺穿，和她一同體會性愛的樂趣。這麼多年來，到底有多少人知道，她是花了很大努力和汗水才成為性愛國度一等一的高手？

Sony的手指和舌頭已滑過她每寸肌膚。他們也已不知換了多少個姿勢。坐的，趴的，站的，躺的，臥的，半躺的，半坐的，正面的，背面的，側身的，他主動的，她主動的，快的，慢的。她的慾火愈燒愈盛，只好躺下，張開大腿，在他背後扣緊。來，狠狠的操我，用力，快點，用力，快點，對，再用力，再快點。操我。操。

她自問這次前所未有的性愛體驗，相信不止她，即使對Sony來說也是驚天地泣鬼神的一次。她想起上世紀那部名為《本能》（*Basic Instinct*）的偽色情電影，米奇德格拉斯（Michael Douglas）和莎朗史東（Sharon Stone）做完愛後，稱之為fuck of the century。他們昨天的激烈相信也不遑多讓。稍後他醒來，她會問他的意見，相信他一定會同意。

三十一——奈美

「妳已連續三天排便不舒服？」

奈美點頭。她身處納米公司的會議室裡。因為不是醫院，所以不能叫診所，在她面前身穿一身黑色套裝的兩個女人，也不是醫生和護士，而是顧問和助理顧問。

「根據記錄，妳的體重逐步上升，仍處於正常水平，可是電腦預測，以目前的速度，再過一個月，妳的體重就會不受控制。」顧問說得輕描淡寫。
「出了甚麼問題？你們的納米機械人根本不行。」奈美急問。
「我們說過，只要納米機械人提出警訊，就表示它們的工作就快超出負荷，妳也不能再進食了，妳有聽話嗎？」
「當然有。」
奈美用力點頭。
顧問的手一揚，牆上浮現了一個圖表。
「過去一個星期裡，納米機械人發出了三次警告，在星期一、三、五——也就是昨天，全在晚上，分別是八點十七分，八點四十五分，九點二十八分，可是警告後，妳仍然繼續進食，分量也一次比一次多。昨天甚至超出了15%。」
鐵證如山。
奈美想說以為自己愈吃愈多後，身體會適應下來……但覺得說出來只會被責罵。
顧問一臉冷峻，失去游說奈美光顧時的熱情。當天向她表示，有了納米機械人，就可以盡情大吃大喝，可是到了動筆簽約前，才話鋒一轉，表示仍有限額。
「妳沒聽我們的話，違反了我們的保養原則，導致納米機械人失控，我們無法伸出援手。」

「那我可以怎麼辦？」

顧問不耐煩看了奈美一眼，「我們的納米機械人有一套預設的行動綱領，它們先會自動修補受損的部分，要是仍然不勝負荷壞掉，為免殘留在妳身體構成損傷，會把自己隨糞便自動排出體外。這幾天妳要多喝水，少食多餐。等手機再沒有納米機械人的讀數時，就表示妳已把它們排走了。」

「排走後會怎樣？」

「排走了，就沒有了。」

「可是我分期貸款沒完——」

「妳自然要付下去。」

「我排走了納米機械人，合約應該完結了。」

「妳違反我們的合約條款，吃量超出限額。」

顧問指著畫面上的合約，上面有奈美的簽名。

「算是單方面毀約。錢妳要付下去，可是我們不會再給妳吞服納米機械人。如果妳要再光顧的話，必須簽過另一張合約，我們可以給妳八折優待。」

奈美憤然站起來，一臉怒意。

「根本就是騙人。」

「小姐，妳別亂說話。我提醒妳，要是胡亂在傳媒或網絡上作出不實指控，我們會保留追究權利。」

比起一星期前仍能豪邁而無後顧之憂大吃大喝，奈美變得小心翼翼。一天只吃早餐和晚餐兩頓，中午甚麼也不沾口。

不知何故，納米機械人始終沒給排出體外。她聯絡瘦身公司，她們表示可能納米機械人受損過度，連自體排出也做不到。他們可以幫手，可是要另收一筆特殊服務費。

「你們的服務，甚麼都要錢！」

「哪有不付錢就可享用的服務？」

反正只是些很微小的機械人，養在肚裡，也沒甚麼不大了，就當從來沒有吞下它們就可以了。

同事奇怪她的胃口突然大起大落，但她沒透露實情。

沒法盡情吃，她的心情低落了不少。剛剛重獲新生的喜愉，好像一下子全部化為烏有。回到家後，看著那些早前瘋狂買下來的食物，堆積如山的誘惑，竟然只能看不能吃，不禁大感可惜。

她不是失去食慾，而是怕一開口就會吃個不停無法停手，一直吃下去，她又會變胖，一發不可收拾。她接下來兩年多仍要償還納米機械人的分期貸款，沒有餘錢做其他事情。

那瘋狂暴飲暴食的一段美好時光好像撐大了她的胃口，進食就是快樂。不找點甚麼吃，好像渾身每一個細胞都不舒服。

三十二——電影男

騎在他身上的女子，並沒有一副立體的面容，然而，電影男仍然很滿意，興奮度也逐漸提升。

只要再搞下去，他就會忍不住了。別這麼快，才剛剛開始。他得想點別的。

就像，這世界果然講求包裝和策略，只要略為調整徵友檔案，反應就很踴躍。電影男同時和七個網上結識的女性保持密切聯絡。為免分不清誰是誰，他用客戶關係管理（CRM, Customer Relationship Management）系統處理一切大小事務，為她們建立個人檔案，研究她們的喜好、職業、學歷、性格、消費習慣等，就當她們是大企業的客戶進行全方位的分析。

她們個性各有不同，有的好動，有的好靜，有的和他同樣愛看電影，有的照片看來長得好看（明顯經過特效處理），有的很談得來。如何從中挑選最合他意的，實在是難題。最好可以全部擁有。即使不擁有，也要拍下立體照片。好幾個他得知真實樣貌的，雖然只找到平面照片，但都照舊下載，接到幻之女的身上，懸浮在他身上，讓他獲得肉體歡愉。

……他無法再忍了，與其強忍，不如坦蕩蕩迎接高潮的的來臨。

事後，他感到舒坦及平和，不只是肉體上，精神上也深深感受到解放和滿足。每日一回，一年三百六十五回，滿足的不是色慾，而是習慣，像每天早上和睡前都要刷牙一般機械化的習慣。他會把數字記錄下來，分析自己的狀態，希望自己愈來愈好。

在他的世界裡，多就是好。

電話剛好響起來。鈴聲不一樣，是從網絡轉過來的留言訊息。

發送的是好久沒聯絡的 Lexa，那個向他問長問短的 Lexa，那個他騙她自稱是荷里活電影後期影像處理大師的 Lexa。他用 CRM 記下他們之間所有對話，他一直向不同人展示不同的自己。

為免露出馬腳，他已經沒和她聯絡，也沒收到她的訊息，以為今生今世直到海枯石爛宇宙洪荒也不會再來往。

直到這個訊息。

「我在電影雜誌上看到你和狂迷的訪問，真精彩。」

訪問？是甚麼回事？

他還搞不清楚狀況，旋即收到第二個訊息。

「只是為甚麼你戴了帽子？看不清楚你的樣貌。真可惜。」

甚麼帽子？他從來不戴。

放下手機，冷靜想一想。

他已經好久沒有上電影討論區，幾乎忘了「狂迷」這傢伙，甚麼訪問和戴帽，根本沒有那回事。

幸好，他是電影男，是電影專家，是大編劇家，很快拼揍出事件的大概：和他過不去的狂迷為了引蛇出洞，很可能找了個人假冒他，一起接受了雜誌訪問。

「妳在哪裡找到訪問？有連結嗎？」他發訊息問她。

「沒有連結，是在紙本雜誌上。」

「可以拍下來傳給我嗎？」

「你不應該買一本來珍藏嗎？」

那根本不是我！

他不能浪費時間和她來來回回糾纏不清。

他披上新買的全黑 Jedi 服，變身絕地武士，奪門而去，衝向樓下的便利店。

三十三——Alexa

天色灰朦，但天氣炎熱，人像活在猶有餘溫的微波爐裡。

香港的天氣變得愈來愈怪，像在一個星期內讓人感受到四季變化。

即使這天適合穿夏季的短袖衣和短裙，但鏡子裡的她，衣著一點也不像平日的她。她特別參考了時裝雜誌穿得成熟點，畢竟電影男是專業人士，不一定喜歡打扮太年輕的自己。她決定打安全牌。

Alexa 整裝待發，準備出門，去見電影男。

今天早上她收到附上電影男住址的訊息，發信人特別說明，「別問我怎樣拿到，正如我沒問妳這傢伙是誰。」

Alexa 懂得用關鍵詞搜尋，卻不是真正的搜尋達人——擅長使用搜尋器技術的專家是當今網絡產業裡最高薪的專業人士。她當然付不起錢聘用這種專家替自己效勞。

不過要找一個免費的卻不難，她的表妹就是了。

表妹從外國大學電腦系畢業後就回港開了一間 startup。Alexa 聽表妹介紹過公司業務好幾遍，但一直不明白甚麼叫「挖掘位置歷史的數據」，只明白這技術以後可以大大改善人類的生活，令生活變得更簡單。

Alexa 也不管表妹怎樣拿到電影男的住址。Alexa 重視的是結果，而不是過程。過程和細節一點也不重要。她要快靚正。

在 Alexa 不知道的細節世界裡，表妹親自出手去搜尋，不假手於人。公司裡沒有人知道她是一個自學成材的黑客。把一個人的真正身分找出來對她來說是雕蟲小技。

簡單來說，就是以下步驟：

1. 用虛擬工具掩飾自己的身分。這是最重要一點。
2. 從後門闖入交友網站，揪出電影男的檔案。可惜登記的地址並不齊全。
3. 沒關係，登記的電郵地址雖然不公開，卻經過認證肯定是真的。
4. 利用電郵地址做關鍵詞，在網絡上搜尋。
5. 一無所獲。交友網站上的電郵地址他並不常用。電影男應該用幾個電郵地址做了好幾個分身。
6. 利用「電影男」做關鍵詞，找出他活躍的電影討論區。
7. 利用非法駭客軟體破解討論區的客戶資料庫，找出他的手機號碼，從而找到他的其他電郵地址。
8. 利用這些電郵地址做關鍵詞去搜尋。媽的，也是一無所獲。
9. 不得不運用破壞力更強的駭客軟件，闖入和交友網站的結盟網絡商店，找尋用電影男所有電郵登記的檔案，或者用手機號碼登記的檔案。

10. 在幾個分別售賣零食、模型、便服和成人用品的商店裡找到相關檔案，包括他的真名、出生年月日、性別（再三確認是男性）、身份證號碼和住址，也發現他很長也很齊全的瀏覽和消費記錄，是個 VIP 級的客戶。

11. 所有送貨地址都相同，確認是本人的住址。

12. 把住址抄下，傳送給表姊。

13. 刪去非法入侵期間留下的記錄。結束。

Alexa 不知道找出住址過程的具體難度，更沒有從過程裡窺見電影男生活裡不為人知的祕密。否則，即使她的觸覺不太敏銳，也不會繼續大做尋找 perfect match 的美夢。

出門前，她再一次上網看地圖，確認地址的所在。

三十四——黑帝

黑帝回到家時，一眾巫師向他下跪，飛龍也從天而降，歡迎他歸來。

黑帝面帶微笑，示意眾巫師跳舞，於是背景音樂從原本激昂的華格納風，變成布拉姆斯的匈牙利舞曲。一眾原本在戰場裡殺得眼紅的幻影，敵我雙方紛紛解除戰意，聞樂起舞來，就像那部描寫一九一四年的平安夜，第一次世界大戰時各國軍隊在前線暫停戰火，互祝聖誕的電影《聖誕快樂》（*Joyeux Noel*）。

黑帝知道，自己快要成功了。

剛才探望七天使時，七天使仍用沒有表情的聲調說話：「我知道這是甚麼一回事。」

黑帝坐在床邊，親切地問：「是甚麼？」

「騙局，這一切全部都是騙局。」

「甚麼騙局？我不知道你說甚麼。」

「從我得到合約，到接下來說有團隊協助開發，完成後推出市面，全部都是假的。」

黑帝站起來，驚問：「怎會是假的？你得到的是真正的合約，接下來的計劃，全部都會如期執行，不信的話，你可以到網絡上查。」

「我查過各種傳媒，讀過好多報道。」七天使把新聞報道投射到牆上。「不過都是假新聞。」

「哪有這麼多假新聞？你看的都是有權威有公信力的報章雜誌——」

「我根本沒有連接上真正的網絡，我一直給關進一個封閉的虛構網絡，閱讀假的報章雜誌，在假的討論區閱讀假新聞，不知道外面真實的網絡上發生甚麼事。這不是甚麼新技術，在北韓那種國家裡行之已久。」

「技術是有的，可是，很花時間。我不好意思要問一句：到底你是何方神聖？值得有人花這麼大工夫去建立這麼多假新聞和討論區。」

「這屬於某個善終計劃，而你，就是贊助人。我要不要向你道謝？」

黑帝一邊用手掩口，一邊在房間裡踱步，欲言又止，最後才說：「你是怎樣看出來的？」

「在很偶然的機會，我在討論區裡見到幾則留言，談及我從來沒聽過的遊戲。我找不到這些遊戲的相關資料。再去討論區裡，那些留言已經被刪掉了，正確來說，是給過濾掉。我無法再找到……。也許，我從來沒有見過真正的世界……。我用盡各種手段去尋找那幾個遊戲，包括駭客手段，最後找到一個影片，在伺服器裡，不過，已經夠了，那個畫面，遠比我能想像的還要出色。」

那個影片是黑帝自己的精心製作，並不是在遊戲過程錄出來，算是「劇本」的一部分，比起製作整個遊戲，顯然容易得多。

「果然是百密一疏。」黑帝裝作不無慨歎道。

「也幸好有這一疏，才讓我知道我原來活在一個虛幻的世界。原來我一直活在另一批人的劇本之下，就像《真人 Show》（*The Truman Show*）。我，原來，不過，只是一個，傀儡。」

兩行淚水在七天使臉上滑過。黑帝想起七天使不能動手去拭，掏出紙巾時，七天使冷冷說不必了，言畢，緊閉雙目，陷入沉默好久好久。久得黑帝以為他已圓寂時，才說了聲：「謝謝您！」

房裡的燈光自動調暗。七天使再睜開眼睛注視前方，不再說話，恍惚在看電影。也許，看的是在他腦海裡播放的電影，關於他自己生命歷程的電影。

黑帝離開前留下最後一句：「我會再來看你。」

他自知是這輩子說過最大的謊言。

林肯說過，你可以永遠騙倒一些人，也可以在一段時間裡騙倒所有人，卻無法永遠騙倒所有人。這話不假。然而，對於那些只存活在網絡世界裡的人，要永遠騙取他們，絕對容易不過。

黑帝知道自己已徹底打擊了七天使對網絡新聞的信心。

七天使和御宅族同樣活在網絡世界裡，不同的是，七天使是被迫的，除了網絡，他沒有另一個接觸世界的窗口。他的世界，他的生命，他的一切，都在網絡上進行，而且一直視之為真實。當他發現原來一直接受的資訊，原來都是假的後，萬念俱灰下，他會做出甚麼來？

黑帝花了好多時間和工具布下這一切。不必布得太多太完美，或者太自圓其說，只要讓七天使生疑就可以了。真假之間的落差，七天使會自己用幻想填補。一旦他對網絡質疑，就成功了。

這個殺人構思，不是黑帝獨創。他只是想起在電影《莫札特傳》（*Amadeus*）裡，薩列里（Antonio Salieri）千方百計要除去天才莫札特，只好打扮成死神的模樣委託莫札特創作《安魂曲》(*Requiem in D minor, K626*)，莫札特以為死神提示安魂曲是留在他自己的葬禮上演出。故事當然是虛構。史學家認為薩列里和莫札特是好友，只是好事之徒拿來大造文章，如後世作曲家林姆斯基·高沙可夫（Nikolai Rimsky-Korsakov）的歌劇《莫札特與薩列里》（*Mozart and Salieri*），再一百年後還給拍成電影繼續把殺人者的惡名加到無辜的薩列里身上。不過，這種傳說能風行數百年而不衰，證明那種曲線殺人的方式，絕對行得通。而電影裡因妒成恨的殺意，黑帝認為，並不是重點。

三十五——老林

「……提示食物到期日，好讓您不會浪費。雪櫃會記得您經常添置的食物，存貨快沒有了，會自動上網替你尋找價錢最便宜的網絡商店，只要您同意，馬上給您落單訂購……我們的雪櫃內置鏡頭，讓您即使離開家也可以檢查庫存。」

工程師身後的巨型雪櫃投影自轉了一圈後，一個很胖的女人走來打開，其中一個層格卻怎也無法打開。

「雪櫃也能認得是哪位家庭成員，如果有人要瘦身的話，雪櫃會提醒她不能進食過多某類型食物，有些層格甚至可以鎖起來。我們這個雪櫃不只冷藏食物，也能管理家人的健康。」

台下發出一陣驚呼。戴眼鏡的研發工程師又介紹了兩種很有創意的電器。他向台下揮手道別後，年輕的主持人回到台上，一改之前輕鬆的語氣，而以嚴肅的口吻道：「接下來登場的是早前結業的小林書店老闆老林。他是香港著名的文化人，發表的文章以對時事猛烈批判見稱。他對大企業壓逼有很深切的感受，至今仍然堅持用手寫稿，而不是用電腦打字。他也不用社交媒體，不用維基百科，家裡的三千冊藏書就是他的大腦。今天我們很榮幸請他來談談他的看法。」

老林上台時，大會播出和工程師出場時一樣很有氣勢的音樂，是華格納的〈女武神的騎行〉，雖然已被濫用得離譜，但大家仍然很受落，掌聲持續了好一陣。

「剛才你們看到的是不是很超卓的產品？」老林問。

「絕對是。」「令人大開眼界。」「強大得不得了。」台下的人答。

老林又道：「科幻小說作家克拉克（Arthur C. Clarke）說過：『所有先進科技，與魔術無異』。剛才你們看到的，都是魔術。另一位科幻作家威廉．吉布森說：『未來已經來臨，只是沒有平均分配。』這麼好的產品，跨國企業訂了很高的價碼，做成精英消費，漠視中下階級的需要。我們要打破這種局面把好的商品推廣給大家。只有大家都使用相同的科技，社會才會減少摩擦，達致公平和平的社會……」

講座目測有過千聽眾，數量之多遠超老林想像。在網絡上看直播的人更不知凡幾，以前他在書店裡辦過小型講座，大概就是十多人。

他相信在座沒有多少聽眾去過小林書店，但從反應判斷他們相當尊重他。問答環節時他們都說書店關了門實在可惜。

老林下台時，全場掌聲雷動。

老江走過來親切地恭賀老林，「同樣的話，用你的方式去表達，比我們強大一萬倍。我們一定可以把那些大企業打得落花流水。」

老林點頭稱是。他不懂大企業的戰略部署，能做的就是分享自己的看法，為對付資本主義跨國大企業略盡綿力。

老江拉老林到會場裡一個小小的會議室，除了桌子，就只能容納四個人。

「你不是一直想知道這些厲害產品的意念怎來的嗎？等下你可以親身問我們的總經理。他一直想見你，也很關心你。」

「關心我？他是誰？」

老林沒想到這天有這個特備環節。

老江露出神祕兮兮的笑容。「你見到他時，他會告訴你。找上你的全盤計劃，都是他構思的。」

第六章 CHAPTER. VI

妒忌 ENVY

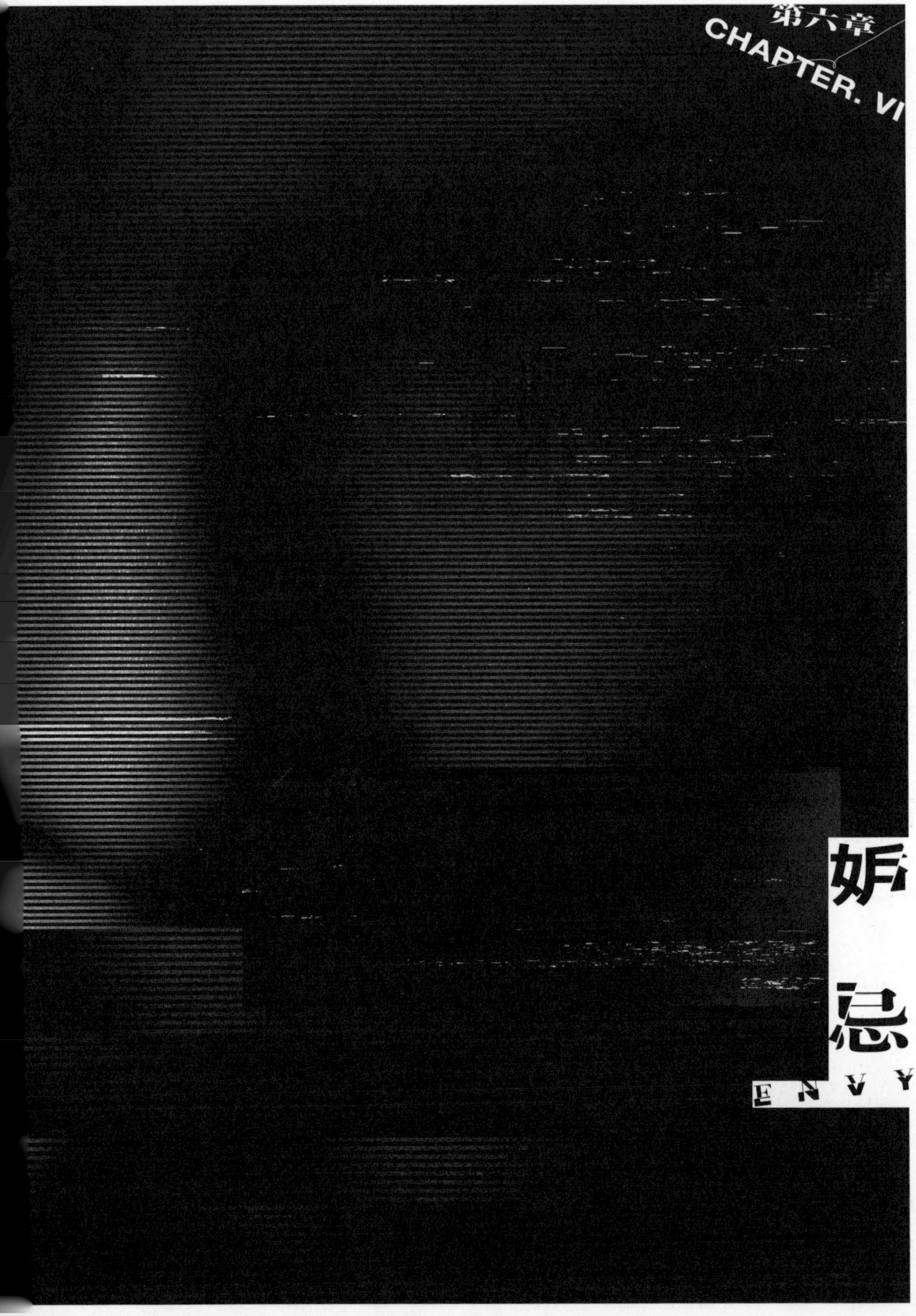

邪惡之徒欣賞他人的方法，
就是妒忌和憎恨。

——雨果

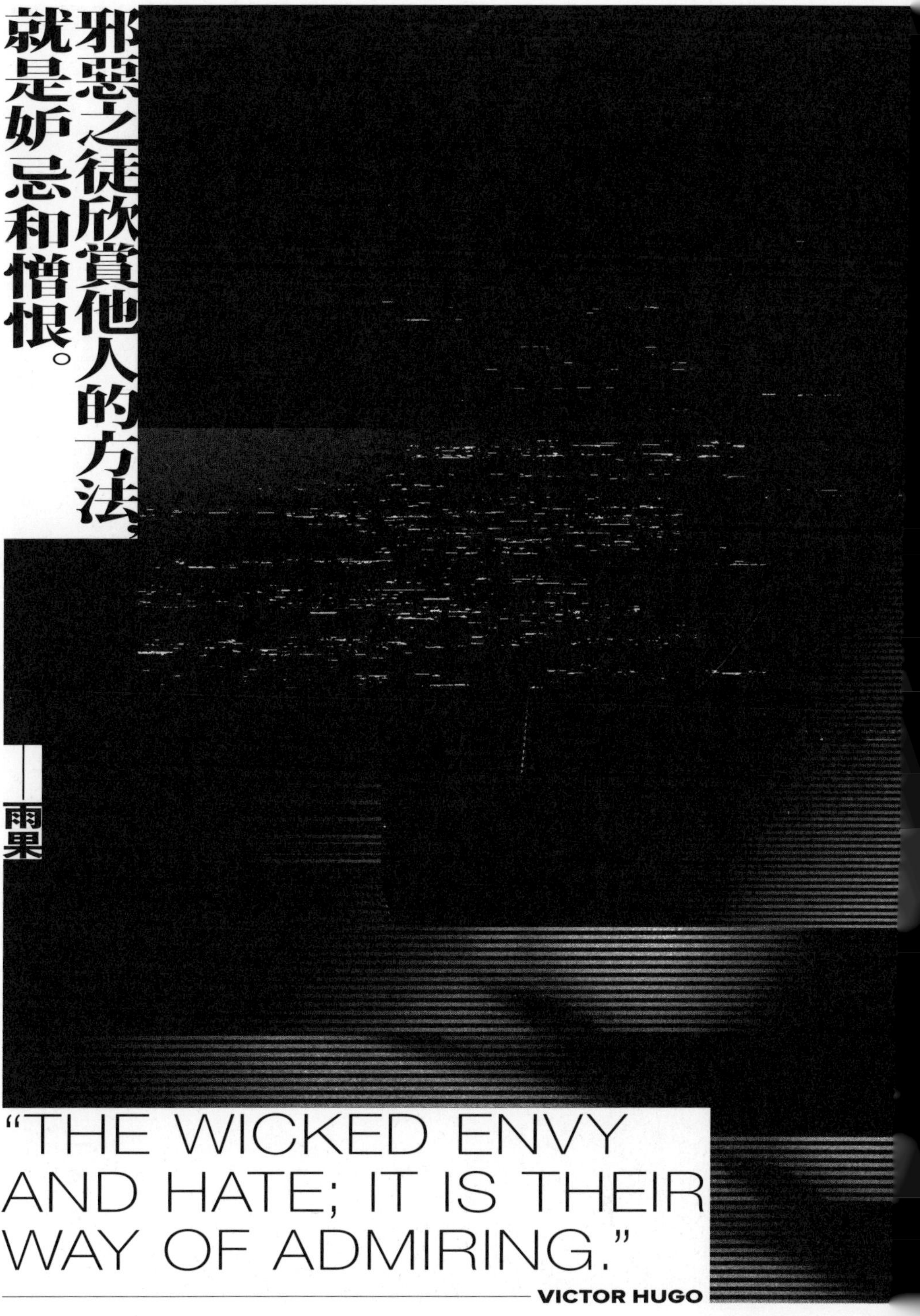

"THE WICKED ENVY AND HATE; IT IS THEIR WAY OF ADMIRING."

VICTOR HUGO

三十六——Medina

養顏美容技術只能改變 Medina 的外表，無法讓她回復青春。

即使經過這麼猛烈的運動和高潮迭起的一晚，第二天，Medina 很早就醒了過來。天剛亮，白光迷迷朦朦。整個城市和她同樣初醒。

Sony 仍熟睡，睡得香甜，可愛一如嬰孩。

她沒問過他年紀，但看得出他應該不滿三十歲。她當年生孩子時不到十八歲，換句話說，她可以做他的媽了。

如果她繼續相夫教子，早就已經給家庭壓得喘不過氣來，人生已經過了一大半。

可是，和活力四射的 Sony 在一起，她自覺年紀輕了一半。他是她的青春祕方。

Sony 熟睡得如嬰兒，發出如孩兒般不溫不火不急不躁的均勻鼻息，鼻翼也微微蠕動。

他和她之間會像愛情故事那般直到天荒地老海枯石爛嗎？不會，肯定不會。他再年輕，也會步入中年，也會老。而她，總也不老。當他已無法維持年輕的身體，垂垂老矣，她仍要保持年輕，出入性愛的國度，繼續享受性愛帶來的肉體歡愉。

別想太多了。她內心深處有一把聲音對她說，好好享受當下吧！否則，肉體尚未腐敗，精神已提早步入衰退期。

她步入豪華的迷你羅馬浴池，撒下她帶來的箱根湯浴鹽，好好享受這個用科技堆砌的家最豪華的部分。他是個愛玩的男人，從性愛上就看得出來。這個家不過是他用高科技玩具堆砌的玩具王國，他妄想成為這個王國的國王。威尼斯會不過是個由魅力領袖帶領的直銷集團，所有祕密管道都只是行銷的包裝，只有中了科技癮的人才不能自拔，以為買了相關產品就優越過人，其實住的地方小小的才兩廳兩房，所謂優越只不過是自欺欺人。

這些話，她當然不會說。就讓Sony好好活在自己的夢境裡吧！別搖醒他別打擾他。這場夢境是他一生快樂之所在，是驅動他努力繼續活下去的動力。

終有一天，她會離開。他們不會有甚麼結果。一切，不過是逢場作戲，你情我願，作不得認真。他不見得接受真正的她。他玩厭了她後，就會回去找年輕的女子。「熟女」這種名堂，也許只見容於色情電影裡，有多少人可以和個年紀上能做自己的媽的女人做情人？

她洗了澡，悉心打扮後才離開浴室，沒有回到床邊，而是靜靜坐在客廳的沙發上，好好端詳他的家。窗邊的電子相架閃過一張張照片。單人照，合照。公司同事，朋友。他沒介紹過朋友給她認識，沒關係，她認為沒這必要。反正他們聊的話題，她不一定明白。有時和Sony聊天，她已發現追不上他的思路。她在公司裡聽過幾個年輕同事頻密交換時下流行的資訊，她們的談話裡，不但資訊太多，而且思路太快，她完全應付不了，只覺得自己年華老去。肉身容易保養，要保持年輕的思考速度和方式卻很難。

在電子相架裡滾動的照片次序不按年份，看來是隨機的。不像有些人會按時序編排。下一張是他大學時的照片，和不少漂亮的女孩子合照，裡面也許有幾個曾是他的入幕之賓。除了相片，也有影片，一群年輕小伙子把畢業帽子向上拋，笑容很燦爛。

她看到他和父親的合照，兩父子的樣子不太相像，也許他長得像母親，可是沒看見她的模樣。一些更老的舊照片在相架上流轉，單人照跟和父親的合照各佔一半，卻始終不見他母親的蹤影，看來是兩父子相依為命。他從沒向她談過身世。

可是，他的父親看來有點面善。相架很小，看不清楚。不過，愈看下來，愈膽顫心驚。她舉起相架，按掣來回細看幾張老照片。她自覺臉上雙頰發熱，連呼吸都有點困難，渾身開始震抖。她坐下來，雙手小心翼翼，才沒有把電子相架掉到地上。不過，她的手還是抖動得厲害。

她回到預覽相錄，快速搜閱。千多張圖片裡，只有幾張才透露玄機。

她想起那幅西洋名畫，畫中人面容扭曲，一如他背後的景物。整個世界天旋地轉，像要崩潰。

她想尖叫，卻怕吵醒他。只得用手掩口。她幾乎連朝他望最後一眼也不敢，匆匆穿上衣服挽了手袋離開。

走到大街上，她終於忍不著吶喊，途人為之側目，但似乎見怪不怪。都市人嘛，總有壓力。

如果是十幾年前，她一定會提早發現。她會翻閱他的信件，知道他的真名實姓，知道他是她操盡全城也唯一碰不得的男人。可是現在的信件大部分都數位化，把一切私隱收藏得很深很隱密，讓她只知道他是 Sony。

三十七——Sony

Sony 醒來時，Medina 已不見了，大概是提早上班，她說過不喜歡擠車，寧可早早出門。這樣更好，方便他行事。有她在身邊反而不妙。

熟女喜歡主動，前仆後繼，昨夜她也真厲害。他記得她剛說薰衣草味能令人寧靜，放鬆心情，就爬到他身上，解開他的褲子他的拉鍊，像要挑起他的情慾和激情，要他十倍奉還。

他反應迅速，畢竟是年輕的身體，以雷霆萬鈞之勢反撲，兩人再一次享受了美滿的交合。

做了一個多小時，害他幾乎精盡人亡。

他本來以為飄泊的心靈永遠不會安於一個避風港，沒有一個女人可以牢牢抓著他，沒想到她竟然是例外。她和他在心靈和肉體上都異常契合。這女人不簡單，值得他好好珍藏和回味，也值得他自豪，傲視同群。

人生有很多種值得自豪的事，包括性愛。

他走進洗手間，一邊刷牙，一邊觀看昨夜他倆在床上交戰的影片。

他沒有看畢整個過程，太長了，日後有時間才細看。他把時間跳到今天早上。

天剛亮，她就醒來了，臉上的妝幾乎全化掉。不得了。她原來比他想像年紀大許多，難怪要這麼早起來，其實是不讓他看見她本來的樣子。

她赤身走進洗手間，洗了澡後穿上整齊的衣服出來，臉色又回復光澤，走到客廳休息，目光到處遊移，最後停留在他的電子相架上。

他泡了一缸水，把身子浸進水裡，把影像移到浴缸上的小電視繼續播放。

她捧起他的小相架，掉到地上。她彎腰要撿，結果卻幾乎跪倒在地上。她維持了半站半坐的奇怪姿勢好幾分鐘後，才把相架放回原位，披衣挽袋匆匆忙忙奪門而去。

她看到甚麼？浴缸裡的電視畫面太小，看得不太清楚。他站起身來，腳下一滑，幸好他及時抓緊缸邊才沒有滑倒。

不祥之兆。

浴室裡的大鏡子沒有放大影像的功能。他沒抹身就走到客廳，啟動佔滿整面牆的電視，把影片倒回她注視電子相架之際，焦點對準她手中的電子相架，放大了好幾倍，好讓他不單能看注視她側臉的表情，也能清楚看到相架裡滾動的照片。

那是他大學時的照片、他父親的照片、他童年時的照片，她的臉色愈發變得深沉。她去到相架目錄，反覆來回觀看他和父親的照片。

最後的定格，是停在父親抱在懷裡的他。

她張大的嘴沒有合上，身體不自覺顫抖。

相架掉到地氈上，他的一顆心也沉到最深最底。

難怪她這麼面善。他幾乎忘了她，可是不能忘了她。

一條水滴形成的小水道從浴缸延伸到客廳，在火紅的地氈上看來像一條臍帶。

三十八——奈美

清水沖洗身上最私密的地方後，奈美站起身來。浴室的鏡子跳過幾個身體健康指數，她別過頭不看，只是專注於洗臉刷牙，鏡子開始讀出新的電郵信件標題。

其中一個是：「五十份酒店自助晚餐，免費送給您。」

就是因為這個廣告，害她白白花了幾個月的薪金，如今那些納米機械人仍在她肚裡。幾天來喝了很多水也無法把它們排出來。甚麼高科技產品？根本就是高科技垃圾。

電腦繼續讀出其他電郵的標題。

「一百份酒店自助晚餐，免費送給您。」

「不吞機械人，只吞有機食物。」

「正確的瘦身態度，從食物開始。」

洗手液剛好用光了。她彎下身，打開小櫃子，拿出另一支。

不如怎地，她有點暈眩，眼睛的焦點有點浮動。幾天來，她一直遇上這狀況，有時在公司，有時在街上，只要稍為抬頭，或者走多幾步樓梯，都會頭昏腦脹。可是沒一次像當前這般厲害。

她又和久違了超級加大碼版的她不期而遇。

那個她的體型之巨大，前所未有，大概，有三層樓那麼高，簡直就是個巨人。

只是這次，那個她沒有說話，甫見面，便張大嘴。

她突然深感全身乏力，一切天旋地轉，眼前發黑，像被一個無止境的黑暗從頭罩下，把她吞噬。

她穿過巨人的口腔，滑過喉嚨，掉進腸胃裡。

到處都是食物，奇怪她怎會認出是食物？它們根本已沒有食物本身的外形，沒有香氣，也沒有吸引力，而且還被分解成一塊塊丸狀物體，在她四周飄浮。

她的身子左閃右避，不想碰到它們。可是事與願違，它們像有生命般，努力向她靠攏。她的嗅覺神經突然啟動，這些食物丸發出中人欲嘔的臭味，使她驚醒過來。

奈美重見光明時，是躺在醫院病房裡的床上。乍見護士，她的職業病又發作，以為她們身上會浮現各種「消費力指標」，結果當然沒有。去到洗手間時，她又以為會在鏡中看見自己的健康指標，結果，當然也沒有。

據護士說，事發當天她沒準時上班，幾天來發現她神色有異的店長試圖聯絡她不果，馬上打電話到她老家。家人上門見她在浴室昏倒，臉色蒼白如死，即時報警把她送到醫院裡去。

她在醫院休養了好幾天接受護理，自覺身體狀況比入院前好得多，精神也比較飽滿。她腸胃內的納米機械人已全部被沖掉，一個不剩。

「可以變胖，是一種福分，像我，便從來沒胖過。」醫生是個不能再瘦的瘦子，要是換上別種衣服，便完全是病人模樣，末期，不久於人世。

「可是，變成圓圓胖胖的模樣，我無法接受。」她說。

「小姐，以妳的體質來看，恕我直言，如果變成胖女孩，唯一的原因，就是貪吃。」

「人家就是喜歡吃嘛！你怎能這樣說？難道你不愛吃？」

「我和妳一樣喜歡吃，我怎吃也不胖，是得天獨厚的消化力差，妳學不來也不該羨慕。我同意吃是享受，很多人難以拒絕。可是，如果妳喜歡吃，就要安然接受代價，或者，多做運動。」

奈美沒有告訴醫生，她一向做很多運動。吃自助餐便是手腳並用，有時更要爭奪食物，是很激烈的運動。不過，她相信醫生一定不同意她的看法。

醫生說的很多話總結為一句就是：她的暴食之旅終於告一段落。

三十九——Alexa

電影男的家不在半山或其他豪宅區，而是旺角。不過，聽說很多從事創意工業的人都喜歡住在這種地方。

旺角人多得不像話，Alexa 坐在和電影男的家一街之隔的快餐店，對面就是他住的大廈。他的大廈對面有一間便利店，很容易找。

網絡地圖上的標示一點也沒有錯，準確標示了大廈、快餐店和便利店的位置。

除此以外，也有地圖缺乏的，如鄰近的二樓書店和色情架步，和一間她打死也不敢進去、門口站滿一堆抽煙的人、出入的都是紋身漢、看來龍蛇混雜的茶餐廳。

不遠處，有一隻流浪狗在街上徘徊。

她不喜歡狗，養狗太麻煩，要餵食，要放風，要訓練大小二便，太麻煩了。與其養狗，倒不如正正經經去找個男人。

連流浪狗也在此出沒，這地方真亂。也許，不同的人有不同的看法。有些人會喜歡這種混亂龐雜的街景和文化。她自問毫無興趣。

她在便利店內可以接收到這家快餐店的搭訕系統的訊號。換句話說，如果電影男的手機可以接受搭訕，只要人在便利店裡，就進入以快餐店的搭訕系統發射範圍裡，也會在她的手機上顯現。

她只要留意手機上有誰在搭訕檔案說特別喜歡電影的，或者進便利店後第一時間去翻閱電影雜誌像在找甚麼或者把所有電影雜誌全部買光，就很大機會是電影男。

這個方法合乎邏輯，但有風險。也許同一時間內有很多喜歡電影的人出現。也許男影男根本沒有加入搭訕系統。

科技自有其妙處，但男人把科技玩弄得太複雜，有時反過來被科技玩弄。她是女人，想的是最簡單的方法（然而，在這個城市裡有個她不認識名為 Sony 的男人，一定也會想出這個方案，並為這個講究優美邏輯的絕妙方法深感自豪）。

沒多久，一個披黑色長袍的男人果然離開目標大廈，直接走進便利店翻閱電影雜誌，一本接一本。

穿的是 Jedi 服，新近流行的服飾，取材自《星球大戰》。

她手機上的搭訕系統裡沒有新人加入，顯然，這人並不是會員。

男人白看雜誌了好久，她在想自己到底該不該上前相認，或者，單刀直入問他是不是電影男，給他意想不到的驚喜。

電影男沒有買雜誌，兩手空空返身大廈裡。她追上去。就在大樓的大門快要關上時，她大喊「稍等」，他竟也推開大門讓她進去，叫她心添好感。

大廈沒有管理員，大堂不算殘舊但絕對需要好好修繕。他步入電梯裡，她二話不說跟了進去。他按七樓。她按八樓。一切來得太快超乎她意料只好見步行步隨機應變。她心跳隨樓層數字的變化而加速，叫她無法集中精神仔細打量他的外表，只確定他的 Jedi 服很有強烈的個人風格。她還沒想到下一步該怎做或者說甚麼話時，電梯門已打開，他走了出去。電梯門完全關上前，她聽到和她心跳同樣響亮的鑰匙聲，她的腦海一片空白，但憑那個追求幸福的本能驅使，她按了開門掣，飛奔出去，衝到那個打開的大門，站在她用搜尋引擎中的關鍵詞搜尋出來的男人跟前。

在她正式注視他的臉孔時，擺在門口後面的是一幅更奪目的畫面，把她的視線和焦點吸引過去。

地板上放置了大量汽水罐和即食麵的容器。有些汽水罐還給堆得很高，恍似在建立一個小城市，更多七歪八倒，像遭到哥斯拉大肆破壞般。打死她也不相信這是一個接受過良好教育的人的居所。她又窺見他的電腦，很面善，是和她去年壞掉已報廢的舊電腦同一型號，是部入門級的電腦，稍為要求高的電腦遊戲已應付不來，遑論更複雜的影像處理。

簡直亂七八糟，更過分的是，她看見一個全裸的電腦全息影像顯現，立體的身軀頂著平面的臉孔向她走來，胸前那對大得有點誇張的乳房一搖一晃，露出詭異的笑容向她說歡迎回來。

裸女從頭到腳——不，她沒有腳跟——都呈半透明，不像凡人。

也不是女鬼。

拜資訊流通發達所賜，這個全息影像是甚麼東西，有甚麼用途，Alexa 很清楚。

那些男性雜誌不是用「男性恩物」來介紹這種玩意，而是坦蕩蕩沒有保留的稱為「終極的生理需要」。男人可以把性幻想的對象變成幻影。那篇專題介紹裡的幾個男人都是專業人士，都愛玩。有人甚至同時用幾個幻影，或者配上高科技的擬真用具，追求和真實無異的感官刺激。最後還有個圖表比較幻影和真人，認為幻影的「總體擁有成本」（total cost of ownership）不但比較低，而且不會發脾氣，是男人正確的選擇。

女性雜誌也曾提及這玩意，斥之為「弱男的恩物」，不過，同時也認為，女人也可以追求自己的幻影。
她對那些虛幻之事，沒有多大興趣。她要找的，是個貨真價實的男人。
可惜眼前這個根本不是甚麼電影男，而是變態男。
她不必多想，彷彿看到門關上後這兩人，不，只是變態男一個人和電腦幻影做出種種不堪入目的動作，只覺一陣嘔心。
她沒有停留原地，馬上轉身離開現場，生怕一隻比她體型更巨大的手掌從門口裡伸出，把她攫進去，就像恐怖電影常見的橋段。
她好像聽到他從後叫她留步聽他解釋。算了吧！關鍵詞配對不過是場遊戲。她徹底死心。她頭也不回。很累。叫了架的士回家。
「媽的，我在六月一個炎熱的下午遇見 100% 的變態。」她不自覺學了村上春樹的口吻道。

四十——老林

總經理敲了門才進來，他比老林想像更年輕，看來不到三十歲，但一點也不稚氣，從眼神和笑容看得出是很年輕就出來跑江湖的人。

他伸出手來和老林緊緊一握。「我們見過面的。」

老林一點印象也沒有，「多少年前？」

「十二、三年前吧，那時我去得很密，到五年前仍然去光顧。」

老林不可能認識每一個顧客，但生客和熟客還分得出來。

「你店裡有很多好書，我在店裡白看了不少，也買了不少。畢竟不少好書賣光了，老闆你就沒有再進貨。」

「小本生意，不能不進些較易流通的書。難賣的書，賣光就算了。」

「不過，你賣的確實是些很精彩的好書，談跨國企業、文化宰割、全球化、後殖民主義、強制心理學，就像你今天講的內容，現在看來都不算甚麼，可是在那個年代那個年紀看，實在大開眼界。」

老林眼前浮現那些書的封面，也喚起初閱讀時的感受。原來世界並不公平，也沒有天理可言。大部分人其實終其一生都受一小部分人擺布。這種論調如今因資訊流通而變得很多人都能長篇大論說一番，可是在那個沒有網絡只有紙本書的世界，這種想法給二十歲不到的他巨大的衝擊，如醍醐灌頂，徹底改變了他的世界觀，像柏拉圖所言離開了洞穴。

「我一直很欣賞你，今天很高興請到你替我們代言。」

「你們的產品真厲害！」

「當然，那個……原因你不會不知道嗎？」

「怎會不知道？那些產品我都見過實物，是無數工程師的智慧結晶，誰也看得出來。」

總經理的笑容凝固，「剛才主持說你很少留意網絡上的消息，是真的嗎？」

「當然，我本質上挺抗拒網絡，現在的網絡已經被大企業控制，它們會收集你在上面的個人資料，也會進行監察……」

「沒錯，但你知不知道在資本主義邏輯下的科技產業怎樣運作嗎？為了搶市場，各大企業不停做研究，以手機為例，每隔幾個月就會推出新款，每款都有新加的功能，逼令追逐科技的消費者不斷更新手機。你剛才提到的那款手機，根據時間表，要在十個月後才推出市面，可以說，是一部未來手機，各個功能都非常穩定。對消費者來說實在沒有必要和道理再等十個月。」

總經理邊說邊留意老林的表情變化，笑容正一點一滴從他臉上流失，繼續道：「我們在各大企業的研究部門裡潛伏了臥底，把那些夢幻手機的設計圖偷出來，讓我們的設計師去研究，搶先送去工廠生產。我們是用這種方法打擊大企業的銷量，撕破他們處處標榜為消費者服務以人為本的假面具。」

老林的臉一下子紅起來，面容緊繃，「這根本是犯罪。」連聲音也變尖了。

「要對付這些不道德的跨國企業，最直接有效的辦法，就是搶走他們的生意，在跨國企業的眼裡，我們不錯是邪惡的犯罪組織，可是，站在人類歷史長河上，我們是革命者，是正義之士，就像你剛才說的那種維持紀律的黑社會。我們要重建人類社會的秩序……」

老林想到在書裡看到的種種個案鮮活地在眼前出現，不禁聯想到暗網。在那個不見光的匿名世界裡，反政府人士互通訊息，職業殺手和毒品分銷商等客人光顧，虐待動物和非法色情片也一應俱全，見證人類的陰暗面。老林沒去過這些網站也不想去。

「你們……你們是……」

老林不願用「犯罪組織」的叫法，他到底是個文化人，怎可能和他們同流合污幹犯罪勾當？

「我們很有技術地改良它們的產品，可以光明正大面向群眾。」總經理擠出笑容，「你也走投無路了吧！這是個不錯的起點讓你站起來，而且可以向你討厭的跨國企業反擊。我以前想做小說家，寫了好多本小說，但沒有出版社肯出版，全部都只是存在電腦的電子檔案。自費出版，又虧了大錢。學人家參加金字塔傳銷，結果虧本的錢更多，可是我怎也沒有放棄寫小說的夢想，只是把故事付諸實行，就加入了這麼大的公司，如今又添了你這一員猛將。在這裡，你可以繼續你的文化事業，你是旗幟鮮明的文化人，有超然的立場，也有號召力，我們香港分公司可以配合你的演說擬定宣傳策略……」

總經理滔滔不絕，但老林的耳朵早已如緊閉的門扉，把他鎖在一個密室裡——「你享有的自由，不過是獄中的自由」——他始終沒有自由，要聽命於企業。

老林掏出身上的筆時，總經理以為他只是要做筆記，毫無戒心。等到老林走過去把筆尖對著總經理的頸刺下去時，總經理根本反應不過來。

總經理倒在地上，拼命按著頸，試圖按著源源不絕噴出的鮮血，可是並不成功。他頸上給刺穿的是大動脈或大靜脈並不重要。重要的是，老林怒不可止。他接受不了被玩弄，沒想到自己只不過從一個困局跳到另一個困局，始終給困在一個巨大的迷宮裡，找不到出口。

總經理流出的血，滲入地氈，形成一個湖泊，而且面積愈來愈大，偷偷伸延出房間，向外求救。

老林用桌子擋著門口，不讓人進來，要總經理流血不止而死。他會一直守護那人，直到牛頭馬臉來換班，帶亡魂往陰曹地府見閻羅王。

外面的人猛攻，他孤軍守候了不知多久，城才被攻破。

四十一——電影男

「妳是誰？」電影男回頭急問那個在他家門口短暫停留的年輕女子。他沒怎麼離開家門，也不認得鄰居，一直以為她是左鄰右里。不料她一看到他的家馬上離去，頭也不回。

這是一個人與人之間真誠對話不多的奇特社會。常見的對話不是工作上的需要，就是客套、欺騙、奉承，或因摩擦而出現的對罵、詛咒。大家路上很少笑容，就是回到居住的大廈，也不和鄰居打招呼，卻可能在網絡上和他們交流而不知對方的真身，或透過交友軟體找到同一社區的寂寞人，不管心靈或肉體上。去到任何地方，隨時隨地打開手機，就和不知何方神聖在網絡遊戲上對戰，過後各走各路，互不相干。在這種萍水相逢的情況下，其他玩家其實只是扮演電腦的 NPC（non-player character），和個人遊戲裡電腦扮演其他玩家的角色剛剛相反。

電影男想了好久也想不出她是誰？到底發生甚麼事？

就像看電影時有倒帶的功能，他的思緒回到十分鐘前，不，再推前十分鐘。他收到某女子的短訊說他接受了雜誌訪問，於是他馬上到樓下的便利店找卻一無所獲，回家時又給一個女子跟蹤到家門口，然後像見鬼似的急速離開。

再把時間推前到幾天前，或者幾星期前，在網絡上泡得久連時間觀念也失去了，有個女子說想見他，卻被他拒絕了。她們兩個說不定是同一個人？

他拿出不同記錄做對比，是同一個叫 Lexa 的女人沒錯。他假冒電影工作者和她聊了三回，她一直想見面，但被他拒絕。天呀！他根本沒準備好，要是知道她是絕色美女（電影男對女性的顏值一直有錯誤的評估），他當然要見。

可是她怎會找上門？

電影男在很多愛情電影裡見過類似的橋段，好奇且漂亮的女主角發現他宅男的真面目，失望而去，離開了他的世界。宅男的世界也因此瓦解和崩潰。

電影男並不是身處電影世界裡，不，他不能像那些男主角般坐視不理，他要力挽狂瀾。

他抽出手機，回到結識 Lexa 的電影討論區，可是再也找不到 Lexa 的留言，顯然她封鎖了他。

這經歷就像他在網絡上經常聽到但其來源已不可考的一句話：不是所有故事，都有美好的結局。

可是，該怎樣做？他對女人的認識，只限於美女圖和色情電影。他從來沒和女人交往的經驗。他踱來踱去，也想不到好辦法。

這麼漂亮的女人走掉了，太可惜。就算得不到她的人，也要給她拍張立體照，放進他的收藏裡，好讓她變成他第一個從女性朋友轉過來的幻之女。成功的話，他可以命令她做任何事。

單是幻想，刺激已經很強大了，而且不只是刺激腦袋。

他的興奮很快膨脹起來，他又要做每日一回的解決工作。

四十二——黑帝

窗外下起好大好大的雨，黑色暴雨警告持續發出的時間打破香港紀錄，彷彿上帝要把大地淹沒，簡直是末世景象。

「七天使被謀殺，死了。」

黑帝接到專案管理人的電話。

聽到「謀殺」兩字，黑帝心頭一動，追問：「他住在自宅裡，足不出戶，如何能殺他？」

「我也不肯定是謀殺、自殺或意外？我只是告訴你一聲，不，其實我只想找個人說幾句話。」

他是不是打電話來試探甚麼？黑帝沒有放下戒心。

「要不要我去你家？」

「不必了。我要再打幾個電話。你沒有自殺的念頭吧?!」

「沒有，我活得很好。」黑帝答。他沒有說出口的是：七天使死了，他活得更好。

「千萬不要死，我受不了另一次重大打擊。」

「活著真好，我沒有死的念頭。」

專案管理人掛上電話。他並沒有說出甚麼特別的第一手消息。所有來龍去脈，黑帝都是從網絡上得悉。七天使沒有機會成為專業遊戲設計師，但他的死法卻像遊戲般曲折離奇：維持他生命的電腦停機，使他無法得到源源不絕的養分而斃命。警方的電腦鑑證專家研究電腦上留下的檔案，發現曾遭駭客登入並破壞。警方循線索找到那個年僅十六歲的殺手：一個不通世情的中學生。他在網絡上遭一眾來歷不明的駭客攻擊，他們惡意挑釁，惹他反感，他只好反擊，攻陷他們的老巢。他以為侵襲的只是家居管理系統，沒想到是個生命維持系統。他癱瘓了供電系統前，更把記錄各樣身體指標的資料庫刷得乾乾淨淨。

七天使的死，並沒有在當日的傳媒上佔很大篇幅。他是個尚沒成名的傢伙。要是成了大師，就會升級成轟動的大新聞佔據報章頭版，就像五年前黑帝的死對頭名為「教宗」的設計師因濫用藥物而昏迷不醒，便佔盡報章重要版面。生平回顧、遊戲分析、藝術成就、行家意見等專題報道多不勝數，比起住在梵蒂岡的教宗不遑多讓。教宗的信徒感激他設計的遊戲陪伴他們成長，體會人生。他們把一束束鮮花放在醫院門口，祝他早日康復。死不去的教宗在昏迷一個多月後醒來，痛改前非，成立獨立工作室推出的遊戲大為成功，浴火重生後事業反而做得更大，讓黑帝痛恨得癢癢的！

七天使沒有機會享受這種榮幸，沒有機會風光大葬。他連第一關也沒有通過就已 game over。確定了他的死很可能是自殺後，專案管理人打電話告訴他。

「他的死，沒有先兆，沒有遺言，真可怕。」

如果有人仔細研究七天使在網絡上的活動，也許可以發現黑帝在七天使的網絡裡動過手腳。幸好那中學生已坦白招認了一切罪過，也毀滅了一切記錄，警方也不會對這種小人物小案件深入調查，很快就宣布調查完畢，結案陳詞，歸檔。

——你以為所有謀殺案都像偵探小說電影電視連續劇裡頭總有個人窮追不捨深入調查誓要撥開重重煙幕找出幕後黑手嗎？在現實世界裡，罪案多，人死得多，警察忙得多，調查兒戲得多；正義，卻少得多。

第七章 CHAPTER. VII

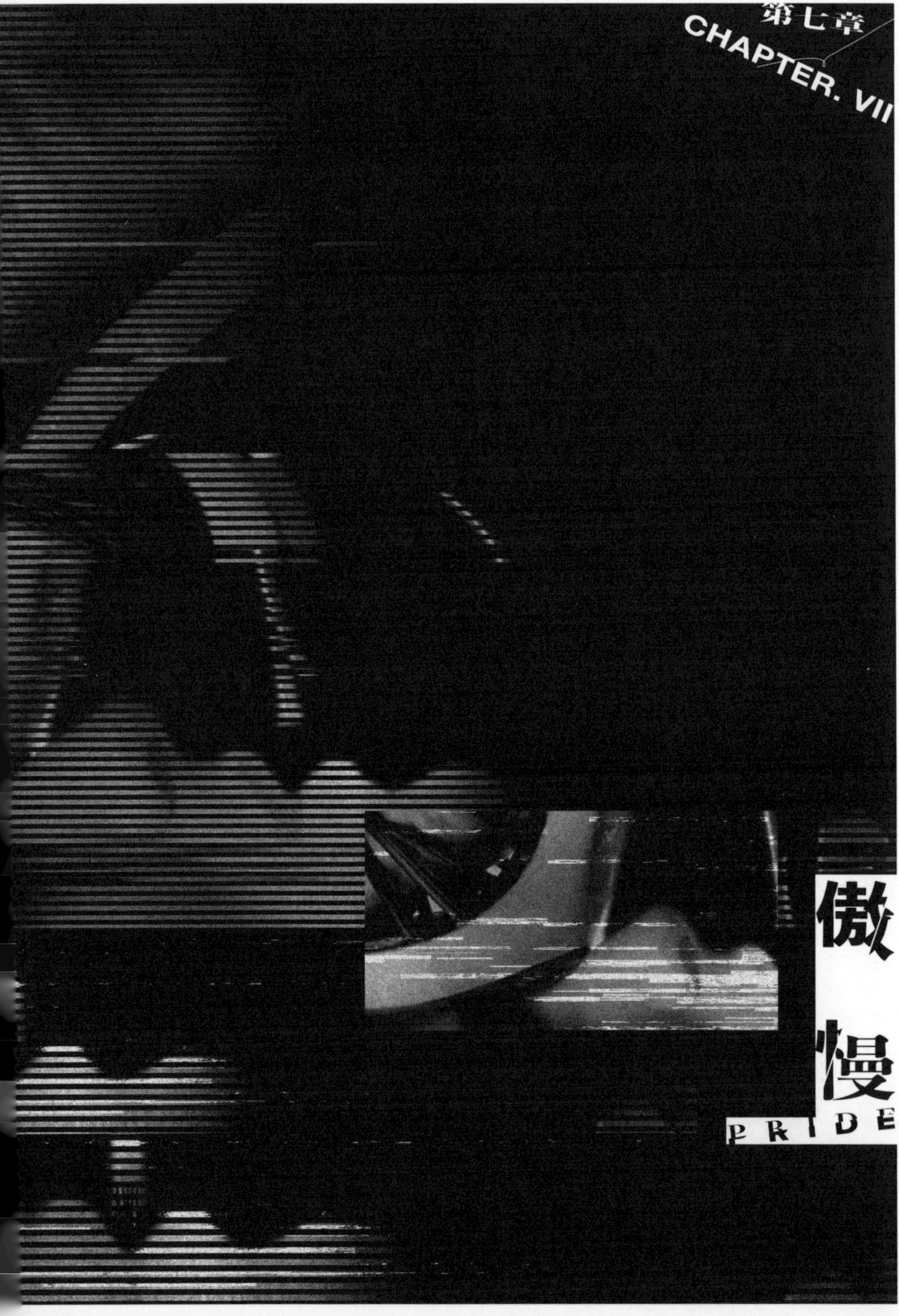

傲慢 PRIDE

心存驕傲必遭毀滅。

——《鬥雞與老鷹》《伊索寓言》

"PRIDE GOES BEFORE DESTRUCTION."

'THE FIGHTING COCKS AND THE EAGLE,' AESOP'S FABLES

四十三——Sony

一個女人在他身上蠕動。

好幾個女人在蠕動。

好幾十個女人在蠕動。淫聲浪語。配上環迴立體聲，簡直就是一場肉體的饗宴。這場饗宴，Sony 本來是想和 Medina 分享的。利用高科技，把原本只有一對男女的交合，變成荒淫的大雜交，像唸中學時所有男同學都看過的《索多瑪一百二十天》（*Salò o le 120 giornate di Sodoma*）。愛好肉體歡愉的她一定會感到刺激無比，馬上想參與其中，再次高潮迭起。

他已經喝了好幾天酒，思緒很雜亂。

為甚麼他們母子會在茫茫人海裡相遇？這不可能，太有人工化和戲劇化的斧鑿之痕。不過，根據「六度分離」（six degrees of separation）理論：兩個互不相識的陌生人，中間只要經過最多六個人就可以連結起來。自搭訕系統出現以來，陌生人的交往更頻繁，像他和母親都是極活躍的搭訕者，相遇只是遲早之事。

她知道和兒子上床後，會怎樣想？自殺嗎？

知道兒子變成這個樣子，會否失望？

當年她拋夫棄子，不守婦道，她有甚麼資格罵他？

她從來沒有罵過他，他甚至懷疑，她從來沒有抱過他。

在半醉半醒的意識裡，她竟走過來，輕撫他的背，把他抱到床上。他變成一個嬰兒，她拉開衣服的前襟，露出飽滿的乳房，讓他貪婪吮吸。他吸了一陣後，很快變成大人，像他看過無數次的自拍春宮片，把她壓到下面。開始時她還有點抗拒，但很快變得欲拒還迎，任由他抽插，發出舒服的低吟。她的臉孔不停變幻，時而年輕，時而成熟，是少婦，是熟女，也是老婦。是妖嬈，是淫蕩，也是老朽。如果他犯下七宗罪裡的驕傲和好色，一定是來自母親的遺傳。一定。

他醒來時，一身冷汗。

凌晨時分，夜色正沉。風聲像細訴著他的故事，告訴城裡數以百萬計的人。

他的頭很重很重。

一個念頭突然浮現，佔據了他腦海。

該怎樣描述他們的關係？

一開始是愛情故事，接下來是歐洲風格的色情電影，結尾卻是像推理小說裡常見的不為人知的人物關係，不，可怕程度直逼驚悚電影甚至恐怖電影——和你的媽上床，夠恐怖嗎？

在愛情、色情和驚悚等情節後等待他的，是否是個像西班牙異色導演艾莫杜華擅長的親情故事？他很懷疑。他不知道故事該如何延續。也許，一切荒誕離奇、機緣巧合、黑色幽默和色情幻想，應該到此為止。

他多希望和母親上床只是一場綺夢，一境鏡花水月。

Sony開始討厭他的名字。原來頭三個字母組成的英文字早已預先張揚了他會犯上的罪行的角色。

四十四——老林

老林躺在床上，放下只有兩節手指長的筆桿。

他手上的筆很短，短得無法做武器，筆桿也很軟，只得用上幾天。老林聽說，這是種專為囚犯設計的筆。

今天的寫作應該到此為止。他的手好累。

他甫躺下，直視除了黃色燈泡外已別無一物的天花板。天花板上像寫了字。那些字緩緩爬行，像一堆蟻，又或者，是一堆蟻在搬運字。成千上萬的蟻把死了的字搬出房間，搬出窗口，搬離他躺的地方。

他希望螞蟻搬字過牆之餘，也能把自己的身體切割成小小的一粒粒，搬出倉外，再重新堆砌還原成一個人。或者，無法還原也沒關係，起碼，別讓他死在這裡。

無所不寫的超級科幻大師艾西莫夫（Isaac Asimov）便說過，希望在寫作中死去，頭向前仆倒，鼻子插在打字機的字鍵中間。這個宏願最後沒有實現，也許是大師最大和最後的遺憾。

可惜這裡除了一張床外便空空如也。

老林希望臨終時，就算手裡沒有握著一本書，身邊也有一本。不一定要是甚麼偉大的著作，就算是通俗讀物也可以。

最糟的是，他無法看書。

懲教署認定他腦筋出問題，所以嚴格審查他閱讀的書。任何涉及社會批判的書都不獲通過。老林正準備上訴，挑戰精神科專家的報告。

即使通過的書，也不會一本本塞給他，而是撕開成紙張給他。他問過原因，他們說，怕他把書變成攻擊武器。

「書怎能成為武器？」

「你是能用筆殺人的讀書人，自己最清楚。」

老林從來沒想到自己會殺人。他當時太忿怒了，完全失控。等到清醒過來時，總經理已經死掉。

經過不是很漫長的審訊後，老林被判終身監禁。據說行為良好的話，二十年後就有機會獲得假釋。不過，老林認為，十五年或二十年沒有分別。在失去自由的這段日子，他甚麼也不能做，甚至乎，有些書也不能看。就算老林有幸獲假釋給放出來時，也垂垂老矣。

不過，老林沒想到一筆插下去，最大得益者，居然是公司。

如此龐大的組織，早已安排好繼任人選可以頂上，組織不但不會因為個人的死亡而瓦解，反而利用他的刺殺來編故事，把他描繪成因為沒錢而被跨國企業收買來做殺手，目的不是要搞垮他們，而是給他們給一點顏色。

他的刺殺，被轉化為公司的免費宣傳。他們送他一個「良心殺手」的名堂，意指專門對付「良心企業」。

「即使我們抄襲，也不代表我們的管理層或員工可以被殺！」公司發言人說。

本來公司以抄襲被詬病，但如今形勢居然被扭轉，反過來爭取不少反對者支持。

很多事情都意料不到，他更萬萬想不到，公司的繼任人竟然就是老江。

公司發言人說，老江作風老派，生性低調，過去一直位居二線，也不為外界所知，但這種年紀和富經驗的人才是領導公司的最適當人選。

所以，其實找上他的，並不是總經理，而是老江。那傢伙是把他和總經理玩弄於掌心的幕後黑手。

可是，沒人會再聽他的話。沒人來探望他，他已被遺忘。

他時時憶起以往在書店裡見到的人。那一張張離去已久、不可能再見的面孔，特別是那個不會老的女人。要是他曾經主動向她攀談，也許，會展開不一樣的經歷，就算不像《查令十字路84號》(*84, Charing Cross Road*)那樣感人，也肯定比時下流行的愛情故事出色得多，更重要的是，是他的親身故事。只要她支持，不管是勉力獨撐書店，還是關門大吉，他都樂意做一個平凡的人，安於現狀，但這是否表示他願意向一夫一妻制和核心家庭屈服？

偶爾，老林會想起某個死去已久的同業。那人曾經開過一家名為「青文」的書店，經營了好幾十年後結業也不忍書被賤賣而寄存在貨倉裡，準備日後東山再起。有一天，他的家人發現他失蹤，尋遍不獲。好幾個星期後，屍體發出惡臭，才引起注意，被發現遭塌下來的書壓死。

準確的死亡時間，誰也說不定。

老林初讀這則新聞時，實在難以置信，實在很有卡夫卡的黑色幽默，但轉念又為他感到高興，感到幸福。

與其離棄心愛的文化事業，把書當成廢紙出售，人未死，靈魂已先行被毀。堅守重開書店的信念，需要一種近乎革命的意志，令人肅然起敬。老闆死於書海，在失去知覺前，也許會慶幸最後和書同在，和書同塵。他苦苦守候的書，也守候他到最後時刻，忠心守護他告別不看書的時代。

杜斯妥也夫斯基（Fyodor Dostoyevsky）說過，如果沒有上帝，一切也會獲得寬恕。老林認為，如果世上真的存有正義，他的一切所作所為，不只應獲得寬恕，還值得大書特書。為甚麼一家經營文化的書店山窮水盡，邪惡企業卻賺大錢？道理何在？在黑暗裡殘喘的老林，思索了好久，始終不明白。

這一切都是 Kafkaesque。

老林凝神注視那一張張給撕開的書頁，沒有怒火，只想離開這裡。用他自己的辦法。

四十五——黑帝

黑帝喝香檳看巫師舞時，門鈴響起來。

專案管理人竟然摸上門，他上次來訪已在五、六年前，是「教宗」入院那天。他們以前合作過。

黑帝把燈光調暗，讓管理人好好坐下。他沒有酒氣，太好了。黑帝不想新買的地氈被沾上嘔吐物。

管理人一口氣把水喝光。

「這次我們完蛋了！」

「是甚麼事？」黑帝想說完蛋的是七天使一個人而已。

「其實公司和七天使已經簽了合約，而且為了集資開發《七宗罪》，和廣告商訂下了大量合約，由於無法生效，被迫賠錢。」

七天使一死，《七宗罪》肯定無法推出，之前簽下的廣告合約全部落空，廣告商紛紛要求賠償，其他投資者也控告公司毀約。

黑帝沒想到原來七天使和自己都是被豎起來的骨牌。

「公司不是會為設計師買巨額保險嗎？」

「沒錯，但生效日期要在一星期後的一號才開始。方便處理。」

「神經病！」黑帝想起管理層一張張沒有表情的臉，「真是死腦筋！」

「也不能怪他們，誰會想到七天使活不過這段空白期？」

「但這也不可能毀掉公司呀！」

「財務部剛完成了兩宗併購，現金流不多。我聽說這次新遊戲開發好像是向銀行低息借貸。今天公司股價在收市前五分鐘內下跌了兩成。應該是基金公司刻意推低股價，製造人為恐慌，要散戶把股票拋售。明天開市，公司股價肯定裂口低開。」

「我才不管股價，公司會怎樣？」

「公司會資不抵債，但不會倒閉，只是等白武士出手。」

「測試中的《科魔大戰前傳》如果推出的話馬上就能賺到錢。」

「你也知道，測試起碼要再等上半年，目前網絡版仍不穩定。現在推出來要玩家付錢的話我們不只會被人罵死，根本是死得很慘。」

黑帝再也說不出話來，也後悔不及，深怕有人找出這牽一髮動全身的危機源自他稍為嚴重的嫉妒。

要怪，就怪公司的 CFO，怎麼把現金流控制得那麼死板？稍為出點狀況就不行了。那個平日滿口英文的法律顧問把七天使的保險合約生效日期訂得太遲，完全無法有效保障公司利益。管理層常把企業管治掛在口邊，原來只是空談。七天使的死使這家高科技公司處理合約和現金流的拙劣能力表露無遺。

網絡上消息亂飛，作不得準，但沒一個是好的。

專案管理人和黑帝倒在沙發上喝了一陣酒後，兩人手機幾乎同時發出訊息提示聲。黑帝讀了來自公司秘書發出的內容後，心中一凜。

雖然不是正式發表，但應該錯不了。

「教宗和他的朋友收購了公司」

黑帝的手機掉到地上。他和團隊花了三年心血做的《科魔大戰前傳》凶多吉少。

四十六——奈美

奈美提不起勁去做運動。每天花半個小時去緩步跑？她寧願花同樣時間上網看其他人寫的食評。

她更無法放棄美食。

這天她下了課後和大學同學去到中環半山，在一排自動販賣機前面停下腳步，最妙的是，這些自動販賣機不是按屏幕下單，而是把飲品包裝一個個陳列，要下單就必須先投入硬幣，再按相應的鍵。

「這些舊式自動販賣機我只在小時見過。」其中一人很興奮地道，拿出手機和童年回憶合照。

「我以為沒人光顧，沒想到全部飲品都售罄。」另一人指著一個個亮起紅燈的鍵。

「怎會整個店門口都是販賣機？這有古怪。」

「當然有古怪。」教授笑道。他按下最右邊的販賣機上右方的鍵後，用力把販賣機向前推，原來這是一道門。

眾人嘖嘖稱奇，穿過點了黃燈的走廊後，才找到餐廳的真正入口。

「當年情」是新開張的懷舊西餐廳，宣稱主打八十年代的情懷。奈美對那個年代所知不多，那是她父親的童年歲月。

牆上掛的也是八十年代的電影海報。《最佳拍檔》、《福星高照》、《省港旗兵》、《賭神》、《英雄本色》、《霸王別姬》、《胭脂扣》、《縱橫四海》、《東邪西毒》……

沒有一部奈美聽過，她只認出張國榮和周潤發。她也沒發現老闆把他偶像在九十年代的電影也包進來。

這裡只提供鐵板扒餐。奈美點了個分量很大的美式什扒。

鐵板送來時，侍應會問食客要哪種汁，再把汁倒下，熱辣辣的熱鐵板上即時冒起煙和發出「嗞、嗞」的叫聲，食客要用圍巾擋著自己以免被熱汁濺到……奈美的童年回憶被勾回來。扒房在香港消失了很多年，鐵板餐連快餐店也不再提供。

「為甚麼鐵板餐會從香港消失？」

奈美一向不喜歡邊吃飯邊說話，要讓全身的感官集中在味蕾上。幸好有人提出了她想問的問題。

「當然是租金太貴。」另一人答。

「當然不是。」教授其實並不是大學教授，而只是奈美大學時的同學，以見多識廣見稱，每天花好幾個小時維護維基百科全書，以「維基人」自居，志業是成為終生義工，為人類文明付出無私的貢獻。雖然只是流浪講師，但從不埋怨，認為大學只是學店，他打臨時工就好，不必插手複雜的人事關係。他的座右銘是：工作體驗比賺錢重要。

「……粥麵店買少見少是因為租金貴。鐵板餐消失是我們這一代人已經不愛吃，覺得不健康。我懷疑連去酒樓飲茶食點心也會消失：第一，飲茶被視為老套；第二，點心師傅退休，沒新人入行；第三，大部分點心由機器做，千遍一律，沒有特色，去點心店吃就夠了；第四，和鐵板餐一樣，點心被認為是無益的高鹽高熱量油膩食品。」

奈美受夠了教授理論多多的說話方式，由鐵板餐扯到去點心。納米機械人一役讓她汲取了重要的歷史教訓：吃得是福，生命裡沒有其他東西比吃來得更重要。她也很清楚這個淋上火焰的「火焰雪山」甜品和剛才把汁淋到鐵板上都是「體驗式經濟」。

教授又發表偉論，大家都點頭稱是。奈美說有事情要辦得先行退席，從中環回去大埔墟的家要一個小時。大家都用體諒的眼神注視她。

離開當年情後，奈美急急走向中環置地廣場，小跑步，慢點就來不及了。她鑽進乾淨程度堪比五星級酒店的洗手間裡。幸好沒有人排隊。

關上廁格的門後，她開始扣喉。

未消化完畢的食物很快從胃部抽上來，經過喉嚨時讓她感到一陣灼熱，但顧不了太多。

她一邊沖馬桶，一邊繼續張大嘴巴，讓不能流進腸道的廢物全部吐出來，讓水流沖走。

工多藝熟，很快完成。

這曾經是她最討厭的方法，不過，為了吃，只好如此。世事很難兩全其美。愛吃，自然會胖。幸好，她要滿足的，只是口慾，而不是食慾。

她用廁紙把濺到身上的穢物一一擦掉。

離開廁格。

她拿出隨身的方便牙刷和膠杯，擠牙膏，把牙上的穢物送走。

鏡中的她不再是那個胖得像四十歲的早衰的她，而是身材苗條永遠青春美麗的版本。

補完妝，確定樣子和進來前沒有兩樣，頭髮和衣服沒有沾上穢物後，離開洗手間。

算算時間，前後不超過二十分鐘。

在這期間，食物快速變成廢物，最後變成穢物，從她的口腔而不是肛門離開她的身體。

她走到中環無人的大街，夜涼如水，難以想像白天人多車多的盛況。

肚子又起了餓意。想衝進最近那家便利店，卻怕碰到同學，特地又走去遠一點的一間。買了杯即食麵，即場下熱水把麵煮熟，再和一個身穿時下流行的 Jedi 服的絕地武士站著一起吃。這才是她真正下肚的食物。

奈美離開便利店沒多遠，一個黑影撲到她前面不遠處的瀝青路上，發出一聲轟然巨響，不知有甚麼東西濺到她身上。她定睛一看，是個像被撕爛的人體，頸上甚麼東西爆開了。血紅的液體在地上寫下怵目驚心的咒語，參不透的文字穿透她身體，在體內各大小血管和任督二脈走了十遍百遍。

是毒咒。

不必多說。

她旋即被咒語封鎖了全身，無法走動，五臟六腑猛烈攪動，異常強烈的反胃感覺湧至，把剛才吃進肚裡的即食麵全部吐出來。

這一晚的第二次嘔吐，也是好久以來第一次不由自主的嘔吐。

警方很快趕到現場，給她錄了口供。即使肚裡空空如也，她回到家也沒有餓意。一覺醒來後，肚子才有點虛空的感覺，但早餐始終吃不下。午餐時，照舊沒胃口。同事都知道她的遭遇。店長見她心神恍惚如中咒，趕走客人的能力似乎比較高明，叫她回家好好休息。

自殺的是著名遊戲設計師黑帝。節目介紹他的個人簡歷，包括已成經典的《科魔大戰》系列，是遊戲設計界的代表人物之一。他任職的著名遊戲設計公司的發言人表示對他的死深表遺憾，但相信和公司的合併計劃無關，公司也沒有打算叫停測試中的《科魔大戰前傳》，反而準備投放大量資源。黑帝的專案管理人說黑帝早前曾表示沒有自殺念頭，沒想到轉眼就自尋短見，而且無跡可尋，估計早前年輕設計師七天使自殺令黑帝受情緒困擾，黑帝一向待人和善，扶掖後輩不遺餘力，一直默默支持七天使。公司新任總設計師教宗接受訪問時表示和黑帝亦敵亦友，視他為可敬的對手，從沒打算封殺他，公司上下都大歎可惜。《科魔大戰》玩家休戰一天，把家徽改為黑色。

黑帝受萬人景仰和哀悼，但奈美的心情卻截然不同。中了咒語的她沒有胃口，就算勉強吃進肚裡，幾個小時後會把一大半吐出來。雖不至於吃多少，吐多少，但吐得非常辛苦。

說來奇怪，同是嘔吐，竟比扣喉辛苦一百倍。

「上主作為，何等奧祕。」聲音是她的，廁所裡鏡中的卻另有其人，是個一身白衣，沒有頭髮的男人。她想了一會，才記起是早一天在電視上播映的《七宗罪》裡在最後才露面的變態連環殺手。理光頭的他自稱替天行道，斬妖除魔。

「七宗死罪隨處可見，只是我們習慣了，覺得不過是小事，微不足道。」

奈美一天比一天消瘦。同事說她愈來愈美，店裡好多專門設計給偏瘦女人的衣物，她穿起來會很好看魅力四射。她們合力把她推到鏡子前，用電腦程式把那些衣服的數位版本套到她身上。

「沒說錯吧，真的很漂亮，豔煞旁人。」

奈美才不信真的好看。她們只是合力演出《魔鏡》的銷售劇本。

心理醫生說侵襲她的是目擊跳樓的創傷後遺症，希望她先花一段時間用心理方法處理，否則就要處方藥物。

「心病還需心藥醫，妳不妨給自己去一次旅行。」「為了避免營養不良，妳必須服食營養丸。」「妳不是千方百計想瘦身的嗎？如今終於如願以償……所以，請妳放鬆心情。」

奈美在網上找到百多種療方。可以試過的她幾乎全都試過。

可惜毒咒纏身，擺脫不了。

別說無法吃飽。

根本沒有食慾。

也沒有口慾。

四十七——Alexa

為甚麼她總是一再遇到騙子？

回到家後，她慢慢冷靜下來，剛才也許是衝動了一點。

想想以前和他交談時的幽默感和知性對話，那個既風趣又有見識的人不可能是變態男。

更重要的是，以她的取向為基的關鍵詞搜尋，不可能找出變態男。她的另一半必定是個尊貴有修養有品味多金的男人，而不可能是個形容猥瑣的男子。

帶著疑惑度過晚餐，她睡了漫長無夢的一覺。

她可以接受電影男看色情電影，這時代有誰不看？但是無法接受他騙她。電影男不但沒拿出誠意，也當她笨蛋來玩弄。她不喜歡動腦筋猜測別人的想法和動機。找情人最好不要互相遷就，而是一拍即合。

她把他的短訊和其他留言從手機裡洗掉，也從她的腦海裡刪掉。他的網絡身分被列入黑名單，自動成為拒絕往來戶，讓他再也無法聯絡她。

Alexa 不是容易放棄的人，她又翻閱新出版的時尚雜誌，找出大量高級名牌，一個個輸入搜查引擎裡，微調她的關鍵詞搜尋。她相信只要堅持不懈，一定可以找到意中人。

接下來幾次找到的人，都不合意，共同點就是，她的要求太低了，對方容易偽裝。

解決之道，就是提高自己的要求，徹底調查對方的背景，使對方要裝也裝不來。

這一次，她找到一個三十歲不到的男人，儀表不凡，衣著簡直無懈可擊，簡直就是從高級時尚雜誌裡走出來的人物般。和他走在一起，自己馬上變成社會菁英，簡直像做夢。

他帶她去不同的餐廳吃飯。那些餐廳名字她沒聽過也不會唸，不知是法文或者意大利文，總之非常高級，需要 dress code，燈光很黯淡。侍應在桌上點蠟燭，每一道菜式上桌前都用外語介紹一次，味道也非常棒，但男人結賬時她不曉得吃了多少錢。她看的餐牌上都沒有價錢，回家才查出這是高級餐廳的做法，最貴那家的每人消費大概是她畢業後三分之一的月薪。

他是她要找的男人，無論如何她都要想辦法把他綁著，不讓他落入其他女人手裡。

這天在餐廳門外準備入席時，他用手提電話讓她看他家裡的陳設，全是最先進的高科技玩意，還有隻毛髮梳得很整齊的白色貴婦狗對著鏡頭吠。

經一事，長一智。數位面具可以被破解，新聞可以做假，這樣的家不見得是真的。她說：「我怎能肯定是你的家？說不定是《魚樂無窮》那種節目。」

「這容易，吃完飯後，我帶妳回家……不，帶妳去參觀。」

相識不到一個月，第五次見面就回家，會不會太快了點？不過，快二十歲人了仍然是處子，好像有點說不過去。她最近轉玩少女養成遊戲，其中一個遊戲邏輯是十五歲前未破瓜就過不了關，討論區上的姊妹說這遊戲雖然是免費下載不含病毒，實乃立心不良的思想病毒，給少女洗腦，以早日失身為榮。Alexa 的看法可不一樣。找個看來不錯的男人幫幫忙開開眼界，可以增加性愛經驗值，是公平的等價交換。

男人不知她腦裡在想甚麼，指著餐廳外的海報，「如果點二人餐的話，可獲歌劇《莎樂美》（*Salome*）的入場券。」

「不好意思，我不太懂，那是怎樣的故事？」她用淑女的口吻問。同樣的話若是在學校裡會給說成：那是甚麼鬼東西？

「《莎樂美》是德國作曲家理察史特勞斯（Richard Strauss）創作的歌劇，是王爾德（Oscar Wilde）根據《聖經》故事改寫，加入了色情和暴力。我怕妳太年輕不適合去看。」

不年輕了，再過幾年，去到二十五歲找好男人的本錢就所剩無幾。今晚，就上他的家吧！她綻開笑意：「等下要吃甚麼，你決定就好了，Sony。」

四十八——電影男

晚上，電影男去樓下的便利店買食物時，發現隔著巨大的落地玻璃的大街上，有隻混雜黑白灰等色的流浪狗正和他對視。

這是甚麼品種的狗，他一點概念也沒有。電影裡不錯會有狗，也許會提及狗的名字，卻鮮少提及其品種。他這輩子見過的狗，多數出現在電腦畫面裡，而不是親眼看到。

不過，就算他熟悉狗，也認不出這狗的品種。牠的毛雖然不長，卻沾了很多灰塵，瘦得皮包骨，應該和本來面目相差很遠。

不知從哪裡冒出來的流浪狗？電影男從來沒想過養狗。他不怕狗，但也不喜歡狗。為甚麼要養狗那麼麻煩？簡直是自尋煩惱。要養的話，他寧可在網絡世界裡養數位狗，不但可以同時養好幾隻甚至好幾打，也可以隨時變換款式，而且完全聽話完全服從。

回到家獲幻之女在門口迎接時，他才想起電視的鏡頭對著大門口，並會自動儲存一個星期的影像來分析他的行動能力，這是家居系統監察獨居人士健康指數的功能。

說不定 Lexa 剛才的驚鴻一瞥會被拍下來。

如果找到的話，他就可以反敗為勝。

他滿懷興奮坐在電腦前，順利找出那段不到三秒的影片，再轉化為照片，雖然看不清她的臉，但經過 AI 修復後，還原了她的本來面貌。

這照片沒有經過美圖修改，確認她是時下流行的長髮大眼皮膚雪白的美女沒錯！

電影男把這張照片丟進搜尋器裡，找出真名是 Alexa 的她在網絡上的過百張照片，也找出她在大學經濟學會理事的身分。

不用一個小時，他順藤摸瓜找到她的聯絡方法，知道她的喜好，她的交友圈，她的家庭情況。他對她開始有真正的瞭解，如果再花時間搜集進一步的情報，同時找經驗豐富的網友幫忙，就可以擬定出追求這種女性的策略，就像他可以改頭換面加入她是會員的《科魔大戰》討論區，再和她談有興趣的話題，一步一步接近她，讓她放下心防，讓她覺得他是可以無所不談的知己良朋……電影有很多類似情節。

想著想著，他覺得他是有機會得手的。

可是，接下來呢？

他進入她的世界時，反過來，他的世界也會被她入侵。她會管理他的生活，會對他進行改造，把他變成她的理想男人。

她也一定要他放棄數之不盡的幻之女，包括那些過往陪伴他多年，和陸續有來燕瘦環肥各式各樣的女人。現實世界裡，沒有多少女人可以接受男人同時擁有多個數位情婦，即使她們根本並不存在。

他忘了在哪裡聽過「一夫一妻制只是為了保持社會穩定，本質上是扼殺人性對自由的追求」，但完全同意。他不可能為了她而放棄其他女人，包括幻之女。

他不應該為一棵樹放棄整片森林。

如果不把感情全部投放在同一個人身上，世界就會變得更歡樂。

他才不要讓一個女人管理自己，控制自己，他要做回一個自由的人。他蒐集到的 Lexa 照片數量已經足以讓她變成完美的幻之女。他並不需要她本人。

放棄一個，還有千千萬萬個女人，無數的備份。幻之女永遠不會走，永遠忠心。

電影男想起多年前看過一部 Channel 4 的記錄片，叫 *The Human Footprint*，給人一生涉及的數字做了個總結：看七百本書、一萬杯茶、二千部電影、六百件衣服……

電影男雖然有收集癖，但罪行並不嚴重。因為節目的重心，並不是表面上那些龐大的數字，而是背後如何製造和處理這一切。每一個人一生都製造大量垃圾，給我們住的這個藍色星球帶來莫大沉重的負擔。

電影男自問，早已不買已經沒有人看的實體書，他看的是電子書。不買太多食物，光顧的只是便利店。不開車，也根本很少出門。他雖然貪心，但收集的大部分都是數位檔案，不製造垃圾，對地球並沒有多大損傷。要是每個人都以他為模範就好了，一定可以大大降低人類對環境的破壞。

想著想著，這個建議實在不錯，不只不錯，簡直就是完美。把一切數位化，無論多大的貪慾都可以滿足，都不再成為罪惡。收集和消費數位女人，也比和有肉血之軀的女人交往容易。

他愛編故事的習慣又來了。他可以以此傳播他的想法，建立一個組織，吸納來自世界各地的支持者，建立大量信眾，對，數量一定非常龐大，比他收集過的電影電視劇電子書數位檔總和還要多。他們會一個找一個，主動出擊，不必他費心，會比任何宗教有更多信眾，因為數位族不受國家和宗教限制，你可以是美國人英國人法國人德國人俄國人猶太人中東人印度人日本人韓國人中國人香港人台灣人，你可以信奉回教佛教天主教基督教錫克教摩門教興都教。

數位教——名字他想好了——肯定是史上最大的宗教。他要收集那些人的檔案，瞭解他們每個人的成長故事，瞭解他們和其他人之間的關係，肯定是非常龐大的收藏。

有生之來，他第一次結結實實感到生存的意義。

四十九——Medina

Medina 在家裡好好躲了幾天，請假，說頭痛得要緊，無法再講課。她的工作紀錄一向良好，很少請病假。「好好休息吧！」同事在電話裡說。「要不要來看妳？」「我一臉病容，不想見人。」Medina 拒絕，只有下半句才是真話。

對獨居者來說，家是最安全的地方，關上門就可以與世隔絕，連話也不必說。家同時也是一個囚牢，可以讓人深刻反思，你也找不到別人聽你細訴。

她一直無法冷靜下來。電視開著卻只留意到最大的兩宗自殺新聞：一個是黑帝，在中環跳樓自殺；另一個是前書店老闆，在監獄裡。

她早就知道自殺在這城市裡已成為一種風氣，然而那書店是她以前常去的，也曾和老闆打過招呼，讓她覺得自殺潮近在咫尺。

她最擔心，仍然是 Sony。他會不會承受不了打擊？他沒聯絡她，但幸好她沒見到他的新聞。

要是當年她專心相夫教子，情況就不一樣。她可以公開拖著他的手，享受天倫之樂。

她想打個電話給他，可是沒有勇氣。

說甚麼好？

除了沉默，她想不到。

只能無言。

臉書上的片段式文字，倒是很中聽。

消費的最新潮流，就是消費連實體也沒有的資訊，或者，把人化成資訊，變成位元，簡約化為一個個代號，或多個不同的身分。讓這些或真實或虛擬的物體彼此凝視、比肩、消費、娛樂、玩弄，至死方休，永不超生。

在資本主義社會裡，最可怕的敵人，不是金錢，不是帝國，不是擁抱其他不同意識形態的敵人，而是你自己的慾望。你是你自己的終極敵人。你的慾望驅使你前進，卻又使你墮落。慾望是你的朋友，也是你的敵人。在這個社會裡，所有慾望都被利用，成為推動資本主義邏輯巨輪繼續運轉的一分一毫。

發文的是她在網絡上認識但在網絡以外不認識的人。在現實社會裡，她以隨便的方法，認識了一個不該隨便認識的人。或者說，她沒有認出一個她應該一眼便認出的人。

她閉關後再踏出家門，前往南丫島這個後花園，找了一家貌不驚人的小店坐下，不必抬頭也可以看見廣闊的天幕，難得的天朗氣清。她以為長期空氣污染的香港已經不容易看到這種天空。

客人不多，小食和茶卻是一流。「是白毫銀針。」以前沒聽過。烏龍大戰害她以為世上只剩下烏龍。年輕得有點稚氣的店員笑說這是上等白茶，教她先聞茶香。她對各種香水的認識比較深，不過，這茶味著實不錯。

「小心電影男，變態大色魔，超級大騙徒。」（Alexa）

「我仍然沒有食慾，誰能救我？」（奈美）

一則則臉書動態來自她素未謀面的女網友。她們細訴的生活點滴似遠還近。

「城市看似平靜，網絡世界卻隱然形成另一座城市，重疊在此城之上，與此城並存，所有人同時活在此城和彼城。彼城時而像天堂，時而像地獄。然則，何為天堂？何為地獄？何為此？何為彼？何為主？何為客？」

小店範圍有幾隻狗駐守，其中一隻特別小——大概比貓稍大，向她走近，不只嗅她，也舔她鞋子。

「你們這狗好熱情。」Medina 對店員說。

「牠們不是我的狗。妳腳邊這隻是隔鄰士多的女兒早前在新界不知哪座山頭，應該是她大學附近行山時發現的。她估計這狗被棄養，可是這麼小根本無法和大狗搶食，必定餓死，於是就帶回來，說這些狗會給大家帶來 luck 後又回去大學。每一隻狗都是這樣留下來，一點也不負責任。」店員用掃把驅趕流浪動物回士多。「走走走，別過來！」

Medina 動身阻止店員，見那家士多沒開，就叫店員給水小狗喝，說牠會渴死。店員猶豫，眼神透露不安和掙扎。她的話驚動了中年老闆。他的頭從手機畫面抬起。

「不行。給了一次，這小畜生就不願走，每天都會來討吃討喝，煩得要死。」

「不過是一隻狗而已。」

「對，幸好只是一隻狗，趕走就可以了。」

Medina 和小狗玩了一陣後，覺得牠好喜歡自己，而她也喜歡牠，決定帶回家。後續的洗澡，看獸醫和打針等都要花一筆錢，但不是大問題，她一一照做，小狗也全力配合。

「有點皮膚病，不嚴重，常見於流浪狗。以牠的身體狀況看來，流浪了至少三個月。」獸醫說：「在這城市裡，沒有多少流浪狗能熬過半年。妳知道這是甚麼品種的狗嗎？」

「不是唐狗嗎？」Medina 撫摸坐在她大腿上的小狗。

「當然不是，是種叫『迷你品』的狗，英文叫 miniature pinscher。妳這隻大概一歲半左右，沒有晶片。」

「才一歲半，好年輕，怎會給丟出來？」

「天知道！無論多少歲，牠也沒有犯錯。」

這句話，Medina 聽得心有戚戚焉。

乘車回家時，小狗繼續安坐在她的大腿上，欣賞車外不斷流動的風景。巨大的建築物，用鋼筋和水泥砌成的森林。長期灰暗的天空。混濁的空氣。Medina 想，小狗也許羨慕人類可以為所欲為，在地上起高樓，做出各種牠無法理解的科技，在地球上稱霸，可以把另一種生物當寵物般豢養、玩弄、拋棄，可是牠無法理解人類為甚麼會為食物和安全以外的事而煩惱和哀傷，更不曉得人類的墮落和沉淪。

她還沒有給小狗取名字。牠應該需要一個，不是方便她叫喚，而是讓它知道自己不是一隻普通的狗，而是有自己的名字，有自己的身分，有自己的尊嚴。

她要給牠一個有意思的名字。

不能叫牠做 Sony，牠不是替身。

Medina 不是命名的高手。名字在這城市負載太多甚至過多的意義：象徵、定位、寓意、祈福……。她不要如此麻煩如此驚天動地如此勞師動眾。她只是要給小狗一個簡單有趣的名字。她想起中學時那個喜歡給老師改花名的女同學，她少女時代的好姊妹，那個曾經斷交了好幾十年後又在幾個月前在地鐵重逢的馬莎。Medina 的手機保存了她的照片和聯絡方法。

應該請教她。她一定會想出一個好名字。

Medina 打電話過去，心頭怦怦亂跳，像是穿越了好長好長的時光隧道，一瞬間返回幾十年前的青葱歲月——Sony 還沒來到世上，她仍未亂結識男朋友。她的生活重心只有戲劇社，後台，她是小姐，她是丫環；不，她是丫環，她是小姐……那是她人生最單純最快樂的時光，相信馬莎也一樣。

Medina 報上名字後，另一頭半響後才傳來熟悉不過的聲音，卻語帶哽咽。

「我早就知道妳一定會找我，我等妳好久好久了……丫環，妳怎麼還不過來？」

2008. 3. 29 定稿於巴黎（台灣九歌版）

2019. 4. 29 修定版定稿於香港（香港格子盒作室版）

解說：在蛛網中翻騰的人們

◉當虛擬變成真實

踏入了二十一世紀，無論思想家、評論家還是創作者，都在努力思索互聯網（internet）高度滲透日常生活、Wi-Fi成為如空氣一般理所當然的存在後，人的「現實感」究竟產生了怎樣的變化。

譬如日本哲學家兼評論家東浩紀曾發表《資訊自由論》（情報自由論），檢討在911事件之後，資訊化（情報化）與保安化（セキュリティ化）兩股趨勢底下，傳統的「自由」概念是否需要更新；文化作品方面，近年有從手機和個人電腦熒幕角度拍攝的懸疑電影《人肉搜索》（*Searching*），嶄新的觀影體驗引起了話題。

在這之前，八、九十年代美國的賽博龐克運動（Cyberpunk Movement）以威廉・吉布森（William Gibson）的小說《神經浪遊者》（*Neuromancer*）為象徵，把網絡空間想像成危機四伏又充滿可能性的「無法地帶」，是繼外太空（outer space）之後新的冒險之地，既刺激又令人振奮。在一九九六年更成為一種政治主張，以《賽博空間獨立宣言》（*A Declaration of the Independence of Cyberspace*）抵抗美國政府的《電信法》（*Telecommunications Act of 1996*）。

可是事隔多年，儘管互聯網一天比一天繁華，離當初的理想卻愈來愈遠。科技企業進行合法的監控，利用AI和大數據分析用戶的喜好，向他們銷售相應的產品；網絡使用者安全意識低落，為了便利性主動提供私隱；網絡欺凌、起底、盜版、色情平台等等屢見不鮮。在互聯網的自由逐漸收窄同時，自由所帶來的負面現象也愈見明顯。

譚劍的長篇小說《黑夜旋律》就是在這個背景底下誕生。這部成功入圍台灣「九歌30二百萬元長篇小說獎」最後四強的作品，除了將對資本主義和消費社會的批判帶進情節中，更採用了一種特殊的敘事手法——hyperlink cinema，去勒勾出互聯網時代的「現實感」。

◉ Hyperlink cinema 敘事手法

Hyperlink cinema 意指將互聯網超文本（hypertext）裡面的超連結（hyperlink）應用在「電影」（cinema）敘事。此手法把「人物」和「關係」類比為網絡世界的「頁面」與「超連結」，因而具有去中心化（decentralized）的特色，屬於多線型敘事（multilinear plot）。多名角色有各自的故事，不時交錯，無意識地影響彼此的命運。畫面不斷從一個角色跳到另一個角色，或者當敘述一名角色的故事時，畫面的角落有另一名主要角色剛好經過。有如維基百科條目中的「超連結」，會不時突然出現，將人引領到另一個頁面，卻又彼此有關連。

將「頁面—超連結—頁面」的結構，轉化成電影敘事的「角色—關係—角色」，需要

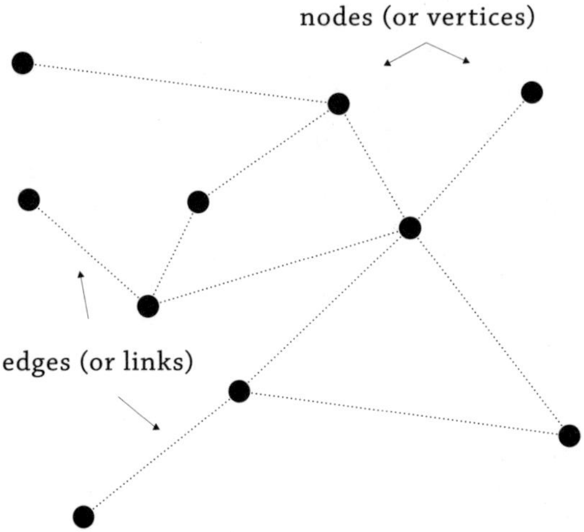

一次思維上的跳躍。而這個跳躍的契機，便是數學的圖論（Graph Theory）於社會網絡分析（social network analaysis）的應用。

圖論早已應用於分析網際網絡頁面的分布情況，比如搜尋器 Google 使用的演算法 PageRank，便是以圖論為基礎，針對超連結進行評分，決定頁面在關鍵字搜尋的排名。而社會學家亦透過將人化約成「頂點」（node），將人與人的關係化約成「邊」（edge），藉以分析出社群的性質、分布、關係的強度、喜好等等。在社交平台蓬勃的今天，每個人都擁有專屬的頁面，好友名單上也有大量連接到其他用戶頁面的超連結。「頁面／角色／頂點」與「超連結／關係／邊」已能完美地重疊在一起。

由於 hyperlink cinema 故事的深層是個呈網狀的關係圖表，屬於非線性結構（nonlinear structure），與較常見的文字、影像等線性媒體（linear media）的直接呈現形式有別，每一個角色的故事發展，讀者需要自行去閱讀揣摩每一個分段式的書寫，有如瀏覽網頁時不斷點擊超連結進入新頁面的網上沖浪（web surfing），親身體驗埋藏在故事中的種種細節。

Hyperlink cinema 目前並沒有普遍的中文翻譯，最初是二〇〇五年由作家 Alissa Quart 在評論電影《Happy Endings》時提出，期後由 Roger Ebert 發揚光大。如今 hyperlink cinema 已經累積了大量作品。值得注意的是，有不少電影是在此一詞被提出之前已經存在，只是期後被納入此類型。

◉ 七宗罪的意象

《黑夜旋律》有七名主角，分別對應基督宗教的「七宗罪」：崇拜高科技的 Sony（傲慢）、追求不老肉體和色情快感的 Medina（色慾）、失去書店並對社會充滿控訴的老林（憤怒）、謀殺後輩以保自己電玩界地位的黑帝（嫉妒）、為了盡情地吃而吞下納米機械人的奈美（暴食）、想利用「關鍵詞」方便快捷地尋找理想男伴的 Alexa（懶惰）和愛好收集數位內容並渴求現實女性的電影男（貪婪）。

《黑夜旋律》章節多而短，像電影剪接一般不斷跳來跳去。七人順從慾望，展開各自的故事，並不時入侵他人的世界。比如在便利店撞倒、短暫成為性伴侶、在網上交流、閱讀關於另外一人的新聞報道、同時曾與七人相遇的小狗等等。眾人的結局雖然五花八門，但可以肯定，只要其中一人不存在，或是有人放棄了自己的「罪」，各人的下場將完全不同。可惜，他們永遠不會知道這點。

◉超越科幻的現實主義

《黑夜旋律》是不是科幻小說？是，同時又不是。

只要曾經走過香港街道、乘搭香港鐵路，都會對眼前無數美容和瘦身廣告留下深刻印象。這些廣告借助身形窈窕、皮膚白皙的模特兒，不斷散播「美麗身體」的符號、宣揚「妳值得擁有」的訊息、販賣著「美」，堪稱資本主義和消費社會的最佳寫照。如果加上AR技術，讓模特兒從廣告燈箱跳出來，在途人眼前翩翩起舞，甚至配合AI的分析結果改變宣傳「劇本」，就已經是《黑夜旋律》在描繪的風景了。

當代資本主義世界鼓吹個人主義、大量消費、將一切商品化，變相鼓勵順從慾望。正如電影《七宗罪》（*Se7en*）的經典對白：「七宗死罪隨處可見，只是我們習慣了，覺得不過是小事，微不足道」（We see a deadly sin on every street corner, in every home, and we tolerate it. We tolerate it because it's common, it's trivial. We tolerate it morning, noon, and night.）。也許，對「七宗罪」習以為常，才是人最大的罪惡。

《黑夜旋律》最初在二〇〇八年出版，我認為它出現得太早了。當年 Facebook 才剛推出中文版，hyperlink cinema 也是在二〇〇五年由影評人 Alissa Quart 提出的新概念，「人物＝頁面」和「關係＝超連結」的類比對讀者來說依然是很大的思維跳躍。但到了二〇一九年的今天，幾乎每個人都在使用至少一種社交平台。大家都擁有自己的個人頁面，好友名單便是前往其他個人頁面的超連結，「人物＝頁面」和「關係＝超連結」已不再是類比，而是現實。

除《黑夜旋律》之外，近來也陸續出現運用類似技巧的小說作品，例如日本推理作家貫井德郎的《亂反射》及香港作家雨田明的《蝶殺的連鎖》等等。人的關係已不是只有像馬奎斯（Gabriel García Márquez）的經典文學作品《百年孤寂》（*Cien años de soledad*）那樣的階層式（hierarchical）族譜，更存在一片平坦的網絡（network）。沒有中心、沒有高低之分，卻緊密地連結，不停從絲線感受到他人的躍動所引起的振動。我們都是在蛛網中翻騰的人們。

冒業（Faker）

科幻、推理作品評論人及作者

後記

故事本來的名字叫《手機城市》，但我覺得不怎麼樣，投去「九歌三十長篇小說獎」前勉為其難改為更簡約的《7》，也不怎麼好。評審會議結束後，出版社來信說評審委員司馬中原老師建議改名為較有吸引力的《魔鬼漩渦》。我左思右想，最後把另一個在構思的長篇名字拿過來用。旋律來自音樂，而西方的傳統音樂是用七個音階。

書名就此定下來，後來我反而忘了那個名字被偷走的長篇到底在寫甚麼，彷彿書名就是它的靈魂，沒有了，就連肉身也不復存在。

《黑夜旋律》（二〇〇八年由台灣九歌出版社出版）的封面設計至今仍是我最喜歡的一個，可惜當年發行來香港的數量非常少，連我在香港也沒親眼見過。書在數年間就銷售完畢，九歌並無再版的打算，但很有器量地授權我自行接洽香港出版社製作香港版，發行香港和澳門，給我極大的自由度。在此特別鳴謝台灣九歌出版社，特別是十多年來一直負責聯絡事宜的欣純。兩位評審委員司馬中原老師及平路老師的台灣版推薦序，讓我覺得寫作這小說時日夜顛倒的那三個月並不是白費。

在香港版裡，我把一些台灣名稱改回香港慣用的說法，如「好萊塢」變成「荷里活」，「店面」變成「店舖」，「奈米」變成「納米」等，甚至連「媒體」也改成香港一直使用的「傳媒」。

書裡一眾人物的名字都有其由來。迷戀納米機械人的「奈美」如果改成「納美」，就失去美感，但「奈美」的名字我太喜歡了，就保留下來。

當年執筆《黑夜旋律》時，我覺得讀者無法接受以香港近未來為背景的科幻小說，所以裡面沒提到香港。後來我認為這沒有道理，寫《人形軟件》時，不單以香港為背景，更加入大量香港文化和社會狀況，獲得讀者喜愛。在《黑夜旋律》的香港版裡，我把地區名稱一一放回原位，裡面不乏我對香港未來的想像。

此外，在二〇〇八年頭，智能手機剛面世，香港雜誌市場仍有不錯的生存空間，《星球大戰》第三個三部曲正在籌備。時移世易，書裡一些細節我因應科技發展而改動，部分章節甚至針對格子盒作室的編輯阿丁 Ding 提出的建議而重寫。書的裝幀和內頁是她和設計師曦成的成果。雖然我仍未見設計圖樣，但已滿心期待。一本質疑跨國企業和過度消費（不管物質或慾望）的小說讓只有一個人經營的獨立出版社製作成書是最理想的事。

《黑夜旋律》採用 hyperlink cinema 的結構去寫，直到二〇一九年，我才讀到第一篇針對這手法進行分析的評論。作者 Faker 原來是我早就認識的年輕朋友 Joseph，另有筆名冒業。只是換了名字我就認不出來。這點很像本書裡某個情節。我很自然請他來寫解說。

2019.5.7　譚劍

黑夜旋律

Melody of the Night

作者—— 譚劍

編輯—— 阿丁

設計—— 曦成製本（陳曦成、焦泳琪）

協力—— 許菲

出版—— 格子盒作室 gezi workstation

郵寄地址 | 香港中環皇后大道 70 號卡佛大廈 1104 室

臉書 | www.facebook.com/gezibooks

電郵 | gezi.workstation@gmail.com

發行—— 一代匯集

聯絡地址 | 九龍旺角塘尾道 64 號龍駒企業大廈 10B&D 室

電話 | 2783-8102

傳真 | 2396-0050

承印—— 美雅印刷製本有限公司

出版日期—— 2019 年 7 月（復刻、修訂版）

ISBN—— 978-988-79669-0-6

定價—— HKD$108

ISBN 978-988-79669-0-6

9 789887 966906 >